烛光

范爱军 著
Fan AiJun

中国华侨出版社
·北京·

图书在版编目（CIP）数据

烛光 / 范爱军著. —北京：中国华侨出版社,2023.10

ISBN 978-7-5113-9058-5

Ⅰ.①烛… Ⅱ.①范… Ⅲ.①诗集—中国—当代②散文集—中国—当代 Ⅳ.①I217.2

中国国家版本馆CIP数据核字(2023)第172639号

烛光

著　　者：	范爱军
责任编辑：	肖贵平
插图绘制：	陶彦昕
封面设计：	瞬美文化
版式设计：	辰征·文化
经　　销：	新华书店
开　　本：	710毫米×1000毫米　1/16开　印张：12.5　字数：155千字
印　　刷：	河北朗祥印刷有限公司
版　　次：	2023年10月第1版
印　　次：	2023年10月第1次印刷
书　　号：	ISBN 978-7-5113-9058-5
定　　价：	58.00元

中国华侨出版社　北京市朝阳区西坝河东里77号楼底商5号　邮编：100028
发 行 部：（010）64443051　传　真：（010）64439708
网　　址：www.oveaschin.com　E-mail: oveaschin@sina.com

如发现印装质量问题，影响阅读，请与印刷厂联系调换。

序 言

  《烛光》是我的第三本诗集。我曾于 2019 年出版了第一本诗集《秦岭啊你作证》，2021 年出版了第二本诗集《春天里的花瓣》。《烛光》的写作是出于对我国著名诗人闻一多先生的敬仰之情，和对其优秀诗歌的衷心钦佩，想在有生之年在诗歌创作的道路上百尺竿头更进一步，像《红烛》那样照亮人心，像《孤雁》那样执着地飞翔。

  我几十年来对诗歌的创作情有独钟，经常在单位的企业小报上发表作品，获奖不断，好评如潮。我通过诗歌的创作，既提高了写作水平，也提高了思想觉悟，拓展了人生的格局，真正领会到了"诗能言志，歌可抒怀"的深刻含义。

  在人生的道路上，只要有诗和远方，就能克服前进中的艰难险阻，从而到达光辉灿烂的终点。

对于一个年过花甲的老人来说，经历过沧桑的岁月，见证过火红的年代，虽已暮年，但是我心中的火烛仍在炽热地燃烧着。尽一份力，发一份光，为社会和后人留下一些有益的、清澈的、向上的、闪光的精神食粮，为中国的传统文化殿堂添一块砖、加一片瓦，这是我自己此生最完美、最自豪的结局。

我真诚地希望本书能够成为广大读者朋友茶余饭后的阅读之物，吟诵豪迈诗篇，点燃烛光之夜。

范爱军

2023年2月2日写于北京皇城根下

目 录

励志篇

/ 深圳赞 / 2
/ 旭日升 / 3
/ 月下吟 / 3
/ 月朦胧 / 4
/ 月光赋 / 5
/ 正义与邪恶 / 5
/ 元旦赋 / 6
/ 生命里的崭新驿站 / 7
/ 笑对人生的一定是我 / 10
/ 灯下赋 / 11
/ 选举居委会 / 12
/ 读书日赋 / 12
/ 天和赋 / 13
/ 劳动节赋 / 14
/ 青春赋 / 14
/ 晚班情 / 15
/ 值班美 / 16
/ 值班谣 / 16
/ 跟着党旗我们不停步 / 17

/ 园丁赋 / 18
/ 党徽赞 / 19
/ 观授勋有感 / 20
/ 郑州，郑州 / 21
/ 人生告白 / 22
/ 欢乐赋 / 22
/ 为航天英雄点赞 / 23
/ 善与恶的区别 / 24
/ 诗人赋 / 25
/ 国庆赋 / 26
/ 值班小叙 / 27
/ 选举歌 / 27
/ 志愿者赞 / 28
/ 世界杯赞 / 29
/ 冬奥赋 / 29
/ 榜样赋 / 30
/ 值班赋 / 31
/ 社工赋 / 32
/ 新年赋 / 32
/ 神龙赋 / 33

/ 女足赞 / 34
/ 沁园春·喜迎航天英雄凯旋 / 34
/ 海军赋 / 35
/ 共青团赋 / 36
/ 神十四赋 / 37
/ 祈福泸定 / 37
/ 诗意人生 / 38
/ 残烛赋 / 39
/ 忠诚赋 / 40
/ 像蜡烛一样 / 41
/ 假如，就要 / 43
/ 胜利赋 / 45

/ 党史赋 / 62
/ 纪念"一二·九" / 63
/ 公祭词 / 63
/ 老铁赋 / 64
/ 祭轩辕 / 65
/ 清明赋 / 66
/ 再赋清明 / 66
/ 母亲赋 / 67
/ 望海潮·悼屈原 / 68
/ 沁园春·庆祝中共一百零一周年华诞 / 68
/ 重阳节赋 / 69
/ 再赋重阳节 / 70
/ 三赋重阳节 / 71

怀旧篇

/ 蘑菇云赋 / 48
/ 抗美援朝赞 / 49
/ 缅怀赵林老首长 / 50
/ 百年华诞赋 / 51
/ 党史之歌 / 52
/ 红歌赋 / 55
/ 八一赋 / 55
/ 中元节赋 / 57
/ 参观华侨党史展有感 / 58
/ 忠魂赋 / 59
/ 九一八赋 / 60
/ 九一八祭 / 60
/ 英雄祭 / 61

抒情篇

/ 走在月光云影的路上 / 74
/ 把手放在胸口上 / 77
/ 月色朦胧下的乡愁 / 80
/ 九雅赋 / 81
/ 蝶恋花·辛丑年国庆抒怀 / 86
/ 我感恩，中国 / 86
/ 水调歌头·云在空中走 / 90
/ 和往事挥挥手 / 90
/ 敲响新年的钟声 / 92
/ 春天的畅想 / 97
/ 致敬绿色的军装 / 101
/ 含隐诗 / 107

/ 同道词 /..................................107

赞花篇

/ 百合花赋 /..................................110
/ 康乃馨赋 /..................................110
/ 狼毒花赋 /..................................111
/ 玫瑰赋 /..................................112
/ 郁金香赋 /..................................112
/ 芍药花赋 /..................................113
/ 雪莲花赋 /..................................114
/ 马齿苋赋 /..................................114
/ 满天星赋 /..................................115
/ 骆驼草赋 /..................................116
/ 山丹丹赋 /..................................116
/ 海棠赋 /..................................117
/ 仙人掌赋 /..................................118
/ 三角梅赋 /..................................118
/ 菊花赋 /..................................119
/ 万年青赋 /..................................120
/ 君子兰赋 /..................................120
/ 栀子花赋 /..................................121
/ 杜鹃赋 /..................................122
/ 月季花赋 /..................................122
/ 兰花赋 /..................................123
/ 油菜花赋 /..................................124
/ 朱顶红花赋 /..................................124
/ 山茶赋 /..................................125

/ 迎春花赋 /..................................126
/ 映山红赋 /..................................126
/ 荷花赋 /..................................127
/ 向日葵赋 /..................................128
/ 翠竹赋 /..................................128
/ 鸡蛋花赋 /..................................129
/ 梅花赋 /..................................130
/ 牡丹赋 /..................................130
/ 樱花赋 /..................................131
/ 灵芝赋 /..................................132

生活篇

/ 国庆有感 /..................................134
/ 贺新春 /..................................135
/ 春雨谣 /..................................136
/ 春雨赋 /..................................137
/ 晚霞赋 /..................................137
/ 夕阳红赋 /..................................138
/ 春梦赋 /..................................139
/ 景山小聚诗 /..................................139
/ 春雨思 /..................................140
/ 抒怀 /..................................141
/ 月光宝石赋 /..................................141
/ 观京城雨色 /..................................142
/ 金秋赋 /..................................143
/ 七夕赋 /..................................143
/ 秋雨赋 /..................................144

/ 咏月 / ……………………………… 145
/ 云蒙山雨景赋 / ………………… 146
/ 育英赞 / ………………………… 147
/ 立冬赋 / ………………………… 147
/ 银杏书签赋 / …………………… 148
/ 月偏食赋 / ……………………… 149
/ 冬雨赋 / ………………………… 149
/ 诗魂赋 / ………………………… 150
/ 冬至赋 / ………………………… 151
/ 冬夜赋 / ………………………… 151
/ 腊八节赋 / ……………………… 152
/ 赞永康社区 / …………………… 153
/ 架金钩 / ………………………… 153
/ 香港赋 / ………………………… 154
/ 白露兮 / ………………………… 155
/ 再赋中秋 / ……………………… 156
/ 中秋雨赋 / ……………………… 156
/ 秋分赋 / ………………………… 157
/ 国庆赋 / ………………………… 158
/ 寒露赋 / ………………………… 158
/ 霜降赋 / ………………………… 159
/ 赏枫栌赋 / ……………………… 160
/ 立冬赋 / ………………………… 160
/ 红月亮赋 / ……………………… 161
/ 银杏赋 / ………………………… 162
/ 冬雨吟 / ………………………… 163
/ 腊八赋 / ………………………… 163
/ 贺新年 / ………………………… 164
/ 月光曲 / ………………………… 165

/ 迎春赋 / ………………………… 165
/ 拜年乐 / ………………………… 166
/ 瑞雪赋 / ………………………… 167
/ 春雨兮 / ………………………… 167

散文篇

/ 从一张"借谷证"说起 / ………… 170
/ 投弹 / …………………………… 172
/ 胳膊上的疤痕 / ………………… 174
/ 风雨航母情 / …………………… 175
/ 第一次"一级战备"/ …………… 177
/ 党在我心中 / …………………… 179
/ 父亲的军功章 / ………………… 183
/ 与天使在地铁站的奇遇 / ……… 186
/ 守望岗前的惊险一幕 / ………… 189

励志篇

深圳赞

一九八〇龙舒展，
风雨兼程四十年。
小小渔村一夜名，
滚滚春雷震宇寰。
红笔圈定画特区，
改开初定大棋盘。
邓公绘制蓝图美，
创新之剑指南天。
解放思想破"两凡"，
检验真理要实践。
过河须把石头摸，
杀出血路不畏难。
实事求是走特色，
尊重科学意志坚。
今朝中华已崛起，
赋诗一首赞梦圆。

2020年10月15日
作于北京皇城根下

/ 旭日升 /

朝阳似火天湛蓝,
小巷红旗尽招展。
北风吹来身感凉,
坚守岗位值好班。
不为名利发余热,
尽职守护当贡献。
若问辛苦是否值,
党徽闪烁在胸前。

2020 年 10 月 2 日
作于后永康二巷 12 号值班岗点

/ 月下吟 /

半轮明月挂苍天,
灯下又见我值班。
绿色袖章戴左臂,
红心滚烫志如磐。
天气冷凉不足惧,
胸前党徽亮闪闪。

垃圾分类是国策,
吾当奋勇冲在先。

2020 年 10 月 23 日
作于北京皇城根下后永康 12 号垃圾分类站

/ 月朦胧 /

月色朦胧挂天庭,
银河不见许多星。
今天我再来值班,
仍然独立伴孤灯。
垃圾分类责任重,
长期坚守方向明。
不怕风霜和苦累,
发挥余热志愿行。

2020 年 10 月 30 日
作于北京皇城根下值守站点

/ 月光赋 /

月洒银辉星少光,
树影婆娑风骤凉。
一周一次来值岗,
一包一袋分类装。
老兵今天发余热,
犹如当年守边防。
虽到耳顺仍志壮,
赋诗一首诉衷肠。

2020 年 11 月 27 日

作于北京皇城根下

/ 正义与邪恶 /

正义的肩膀上担负着职责,
邪恶的心里面充满着尖刻。
正义是那善良美好的化身,
邪恶就是凶残暴躁的刺客。

正义是首美妙的天籁神曲,

邪恶是首恐怖的地狱妖歌。
正义就是真理的完美体现，
邪恶就是谬论的无耻衣钵。

正义就像一把降魔的利剑，
邪恶就像一把杀人的刀戈。
正义带领着人类走向光明，
邪恶却要把人类推向黑暗。

正义可以流芳百世沁花香，
邪恶只能遗臭万年樊烈火。
正义可以给地球带来呵护，
邪恶只会给世界种出苦果。

2020 年 12 月 19 日
作于北京皇城根下

/ 元旦赋 /

元旦早晨去值守，
日月同辉好兆头。
晴空万里朝霞灿，

天气干凉冷飕飕。

绿色臂章穿戴好,

红色党徽夺眼球。

垃圾分类是国策,

老兵心中有春秋。

2021年1月1日

作于北京皇城根下垃圾分类站

/ 生命里的崭新驿站 /

太阳每天都在东方露出灿烂的笑脸,

月亮每天都在夜空自由地遨游值班,

云朵每天都在向着远方的天空飘散,

大海每天都在涌向沙滩礁石的海岸。

天上的北斗七星放射着恒久的光焰,

地上的春夏秋冬轮回着更替的暑寒,

田野的碧草鲜花装点着大地的容颜,

高山的松石瀑布塑造着自然的画卷。

喜怒哀乐会一直陪伴着人生的悲欢,

鸟语花香会一直推动着幸福的绵延，
琴棋书画会一直烘托着文化的发展，
五谷杂粮会一直供养着众生的三餐。

看那白山黑水的肥沃土地一望无边，
看那傣家竹楼的芦笙乐曲生机盎然，
看那运河两岸的灯火渔歌夕阳唱晚，
看那长城内外的刀光剑影似雾如烟。

千山万水铺就了人生路的沟沟坎坎，
风霜雨雪磨砺了人生路的铁骑雄关，
亲朋好友织成了人生路的血脉相连，
海誓山盟注定了人生路的情爱无限。

真假虚实论证了人生路的曲曲弯弯，
忠奸美丑道出了人生路的恩恩怨怨，
善恶正反说明了人生路的苦辣酸甜，
大小多少诠释了人生路的智慧经典。

忘不了的永远是妈妈手擀的炸酱面，
看不够的永远是影集里藏的老照片，
压箱底的永远是上学考试的成绩单，
最想念的永远是儿时玩耍的好伙伴。

永远记得年三十晚上的灯笼和小鞭，
永远记得在游乐园里的滑梯和秋千，
永远记得在中学教室加入了共青团，
永远记得入党那时宣读了我的誓言。

我们永远怀念扎根山村的长夜无眠，
我们永远怀念边关哨卡的星稀月圆，
我们永远怀念挑灯夜战的车间加班，
我们永远怀念林荫道上的青春热恋。

我们要在人生路上炫耀神奇的浪漫，
我们要在人生路上写好动情的诗篇，
我们要在人生路上睁开明亮的双眼，
我们要在人生路上拥抱美好的明天。

每天都是我们这生命里的崭新开端，
每天都是我们这生命里的崭新置换，
每天都是我们这生命里的崭新花瓣，
每天都是我们这生命里的崭新驿站。

2021 年 1 月 15 日
作于北京皇城根下

/ 笑对人生的一定是我 /

用真心去思考，
用笔锋去开拓，
用坚韧的毅力寻找光明，
用乐观的态度战胜寂寞。
不管是风吹雨打，
不管是岁月蹉跎，
变换的永远是季节，
不断成熟的一定是我。

用诗词去抒怀，
用香茶去解惑，
用跳跃的联想激发灵感，
用笃定的理智梳理脉络。
不管是山高路险，
不管是绿洲沙漠，
更替的永远是沧桑，
逐渐厚重的一定是我。

用鲜花去示爱，
用清泉去洗拙，
用典雅的温馨浸染人生，

用闪烁的文采吟唱豪歌。
不管是惊涛骇浪，
不管是铁马冰河，
转换的永远是舞台，
笑对人生的一定是我。

2021年1月21日
作于北京皇城根下

/灯下赋/

屋内灯光耀，
窗外树影斜。
纸上笔行云，
月色半残缺。
乡愁入诗情，
黑发落白雪。
欲在史书留，
独战疾风烈。

2021年1月22日
作于北京皇城根下

/ 选举居委会 /

风和日丽白云飘，
社区选举在今朝。
国旗鲜艳红光照，
国歌唱响似海潮。
行使民主真权利，
投好神圣这一票。
拥护政府好政策，
支持永康好领导。

2021 年 3 月 27 日

作于前永康社区

/ 读书日赋 /

读书日里话读书，
赏花之时看花树。
人生哲理书中有，
花开须有贵人福。
开卷自有其中乐，
犹如夜路举明珠。

书是智慧美结晶,

利剑指处斩邪毒。

2021 年 4 月 23 日

作于北京皇城根下

/ 天和赋 /

浩瀚宇宙迎新客,
来自中国号天和。
五星红旗耀太空,
核心舱里奏凯歌。
技术领先皆独创,
空港载人著传说。
神州崛起看世界,
中华儿女游银河。

2021 年 4 月 29 日

作于北京皇城根下

劳动节赋

五月鲜花开满园,
艳阳高照云舒展。
江山万里春风吹,
神州大地满笑颜。
劳动人民最光荣,
创造世界谱新篇。
不忘初心跟党走,
牢记使命勇担当。

2021 年 5 月 1 日

作于北京皇城根下

青春赋

五月鲜花处处多,
青春绚丽美村郭。
朝气蓬勃绿色浓,
枝繁叶茂初生果。
心存壮志欲凌云,
策马奔驰跨山河。
潇洒写诗抒情怀,

夕阳晚照奏凯歌。

2021 年 5 月 4 日

作于北京皇城根下

/ 晚班情 /

云遮夕阳光如线，
穿破黑幕入眼帘。
今日晚霞难寻找，
美景藏在心里边。
坚守不忘初心志，
做好分类破万难。
待到环境复清时，
金霞普照众人欢。

2021 年 5 月 28 日

作于值班站点

/ 值班美 /

万里长空天蔚蓝,
风摇树枝叶飞卷。
呼啸而过背感凉,
日光照耀胸又暖。
垃圾分类责任重,
变废为宝谱新篇。
发挥余热砥砺行,
为党增光做奉献。

2021 年 5 月 28 日
作于后永康二巷十二号垃圾值守点

/ 值班谣 /

蓝天白云艳阳高,
风和日丽绿树梢。
垃圾分类利国民,
保护环境废变宝。
老兵自愿来站岗,
桶前值守不服老。
发挥余热心潮涌,

赋诗一首乐逍遥。

2021年6月4日
作于后永康12号值班站点

/ 跟着党旗我们不停步 /

跟着党旗我们不停步，
电闪雷鸣是出征的战鼓，
我们是勇敢的共产党员，
胸怀着历史的远大抱负。

跟着党旗我们不停步，
艰难曲折是战斗的序幕，
我们是坚强的共产党员，
肩负着人民的期盼叮嘱。

跟着党旗我们不停步，
千磨万击是坚守的砥柱，
我们是无畏的共产党员，
展望着未来的金云彩雾。

跟着党旗我们不停步，

恪尽职守是忠诚的表述，

我们是乐观的共产党员，

吟诵着胜利的诗词歌赋。

跟着党旗我们不停步，

百折不挠是意志的倾诉，

我们是执着的共产党员，

书写着血染的流芳巨著。

跟着党旗我们不停步，

意气风发是性格的表露，

我们是奋进的共产党员，

保卫着崛起的复兴国土。

2021 年 6 月 22 日
作于北京皇城根下

/园丁赋/

祖国未来是儿童，

园丁责任赛九重。

千秋大业路长远，
培养后代最光荣。
革命先烈打江山，
传承接力寄小龙。
待到中华腾飞日，
满天星斗耀苍穹。

2021年6月23日
作于北京

/ 党徽赞 /

党徽闪闪天边照，
夜空迢迢银河灿。
锤头镰刀璧双合，
工人农民血脉连。
马列主义指方向，
打破枷锁身舒缓。
国际歌声传天外，
大同世界花满园。
中共诞生百周年，
功高盖世永流传。

南湖驶来一红船，
装载中华梦万千。
历经风雨和曲折，
饱尝困苦与艰难。
特色道路终选定，
民族复兴映玉盘。
红旗飘舞迎风展，
金鼓齐鸣战马喧。
神州大地高崛起，
中华儿女祭轩辕。
铁马冰河今不在，
青山埋骨啸苍天。
继承遗志不忘祖，
誓让中华梦更圆。

2021年6月27日

作于北京皇城根下

/ 观授勋有感 /

光荣入党五十年，
功勋闪烁耀胸前。

半个世纪铸辉煌,
热血疾书凯歌还。
不忘初心跟党走,
牢记使命勇担当。
党旗飘舞情激动,
担当道义有双肩。

2021 年 6 月 29 日

/ 郑州,郑州 /

倾盆大雨袭郑州,
千年一遇天地愁。
云团翻滚风雷动,
大街小巷水横流。
灾情牵动党中央,
驰援车队疾行骤。
急盼中原早放晴,
天佑中华耀九州。

2021 年 7 月 21 日
作于北京皇城根下

/ 人生告白 /

人生苦涩甜味少，
劝君不可等靠要。
荒丘野水星光弱，
流泪泣血月寒高。
春夏秋冬花飘落，
电闪雷鸣穹苍哮。
百折不挠战群雄，
登顶独眺众山小。

2021 年 8 月 28

作于北京皇城根下

/ 欢乐赋 /

吟诗放歌笑语扬，
文人墨客聚永康。
喜识新朋三两位，
乐逢老友四五双。
中秋临近天高远，
月明星稀云自朗。

黄昏日暮晚霞耀，
豪情满怀走汉唐。

2021 年 9 月 14 日
作于北京皇城根下

/ 为航天英雄点赞 /

环球飞绕九十天，
英雄今日回故园。
茫茫太空留航迹，
灿灿银河唱凯旋。
神舟一跃振国威，
天宫几度送君还。
浴火重生炼真金，
中华屹立冲霄汉。

2021 年 9 月 17 日
作于北京皇城根下

/ 善与恶的区别 /

心灵善良的人，
即使下了地狱，
地狱也会变成天堂。
心灵丑恶的人，
即使上了天堂，
天堂也会变成地狱。

心地善良的人，
会释放正气能量，
正气能量会升华理想。
心灵丑恶的人，
会散发腐败臭气，
腐败臭气会腐蚀翠绿。

心地善良的人，
永远乐观开朗，
在平凡中活出高尚。
心灵丑恶的人，
永远唯利是图，
在庸俗中变成败絮。

心地善良的人，
都喜欢助人为乐，
在黑暗中把路照亮。
心灵丑恶的人，
都在意损人利己，
在神明面前就是小丑。

心地善良的人，
就像是一股清风，
必融冰雪成春光。
心灵丑恶的人，
就像是一具腐尸，
必被焚成乌烟一缕。

2021年9月24日
作于北京皇城根下

/ 诗人赋 /

诗人手中一支笔，
壮怀激烈两相依。
赤胆忠心血偾张，

爱国忧民锦萃集。
长城巨龙青山卧,
运河飘带南北移。
今贺寿辰七十二,
明展蓝图复兴急。

2021年9月29日
作于北京皇城根下

/ 国庆赋 /

穿云破雾放霞光,
风吹落叶红旗扬。
金秋之时庆华诞,
鲜花吐艳果飘香。
七十二载弹指过,
中华屹立变小康。
昂首迈进新时代,
巨龙腾飞万年长。

2021年10月1日
作于北京皇城根下

/ 值班小叙 /

半轮明月挂苍穹,
一地落叶寒渐冬。
秋风刮来树枝摇,
坚持值守心赤红。
一人孤独身伴影,
万家灯火乐融融。
奉献余光和微热,
小康社会更宏荣。

2021年10月15日

作于北新桥后永康12号值班岗位

/ 选举歌 /

任凭天冷浓雾霾,
五星红旗放光彩。
投下庄严这张票,
享受民主乐开怀。
人民代表责任大,
精挑细选上高台。
江山永固龙飞腾,

神州崛起复兴来。

2021 年 11 月 5 日

作于北京皇城根下前永康社区选举站

/ 志愿者赞 /

天色低沉雾霾重，
不见朝阳冷气浓。
响应永康社区令，
党员志愿往前冲。
清扫院落残枝叶，
拔除枯草入袋中。
辛勤奉献为公益，
出力流汗暖融融。

2021 年 11 月 20 日

作于北京皇城根下

/ 世界杯赞 /

波斯湾里碧海蓝,
世界杯赛起硝烟。
各路劲旅齐欢聚,
卡塔尔迎足球健。
绿茵草地平又整,
大力神杯金光闪。
奋勇拼搏展雄风,
争夺冠军动心弦。

2022 年 11 月 21 日

作于北京皇城根下

/ 冬奥赋 /

中央号令天下应,
双奥之城看北京。
中华儿女齐上阵,
众志成城战雪冰。
条条滑道盘山谷,
座座场馆起歌声。

喜迎世界宾客来，
共创奇迹享太平。
不忘初心和使命，
扬鞭催马赛奇兵。
全民参与冬奥会，
童叟皆知赞不停。
感恩政府绘蓝图，
锤镰奋进砥砺行。
万众一心跟党走，
争金夺银再出征。

2021 年 11 月 26 日
作于北京皇城根下

/ 榜样赋 /

英雄模范情豪迈，
榜样精神放光彩。
字字铿锵表忠心，
句句感人如浪拍。
党旗飘飘满神州，
锤镰闪耀照灵台。

不忘初心砥砺行,

牢记使命向未来。

2021年12月8日

作于北京皇城根下

/ 值班赋 /

皓月悬空笑半弯,

桶前值守灯耀闪。

虽然天冷人稀少,

垃圾分类志更坚。

万家已是团圆时,

我心依旧向苍天。

多为社会尽点力,

祖国明朝更辉煌。

2021年12月10日

作于北京皇城根下

/ 社工赋 /

风雨兼程又一年，
我为社工赋诗篇。
辛勤付出吃大苦，
起早贪黑做贡献。
永康社区砥砺行，
党政工团齐奋战。
不忘初心为百姓，
牢记使命永向前。

2021 年 12 月 30 日
作于北京皇城根下

/ 新年赋 /

新年伊始旭日升，
朝霞满天笑北风。
星移斗转又一载，
春夏秋冬再重逢。
国泰民安呈宏运，
政通人和融雪冰。

喜看神州雄势起,
巨龙腾飞宇宙行。

2021年12月31日
作于北京皇城根下

/ 神龙赋 /

神龙出海耀九州,
中华儿女显风流。
横扫阴霾紫气升,
屹立东方壮志酬。
努力拼搏登绝顶,
自强不息上琼楼。
雄心著好大文章,
梅花静绽枝满头。

2022年1月4日
作于北京皇城根下

/ 女足赞 /

中国女足挽狂澜，
扭转逆境夺亚冠。
为我中华争荣耀，
铿锵玫瑰展笑颜。
奋勇拼搏潮头立，
登上奖台金光闪。
老夫信笔赋一首，
诗情遥寄海月天。

2022年2月6日

作于北京皇城根下

/ 沁园春·喜迎航天英雄凯旋 /

中华春光，千种风情，万般花俏。
望苍天云海，神舟飞翔；祖国强盛，志在九霄。
摘星揽月，再创辉煌，环球六月建功昭。
聚今日，看英雄浴火，草原光照。

重返人间真好，使各界豪杰竞相邀。

做科学实验，太空授课；出舱行走，宇宙探奥。

乾坤对话，恭贺新春，只为神州涌乐潮。

归来矣，树丰碑一座，钢铸铁浇。

2022 年 4 月 16 日
为神舟十三号飞船返回地球之壮举圆满成功
而欣然命笔作于北京皇城根下

/ 海军赋 /

汪洋大海涌波澜，
中国军航向深蓝，
七十三载风雨稠，
勇闯激流过险滩。
从小到大步步艰，
由弱变强路路难。
赋诗一首贺神州，
八一旗帜迎风展。

2022 年 4 月 23 日
作于北京皇城根下

共青团赋

光荣奋发共青团,
紧跟党旗一百年。
甘当助手后备军,
危难突击冲在前。
不负韶华承国运,
纽带桥梁手相连。
热血沸腾振中华,
豪情满怀谱新篇。

祖国未来花满园,
民族希望正扬帆。
中流击水立壮志,
展翅高飞向蓝天。
革命先驱开伟业,
后继晚辈破雄关。
中华崛起龙飞腾,
宏图大展天地间。

2022 年 5 月 10 日
为庆祝中国共产主义青年团成立一百周年
作于北京皇城根下

神十四赋

神舟十四再冲天,
豪杰三位展笑颜。
摘星揽月绕地行,
中华空间梦又圆。
飞过黄河飞运河,
掠过黄山掠华山。
七洲四洋收眼底,
波澜壮阔诗浪翻。

2022 年 6 月 5 日
作于北京皇城根下

祈福泸定

四川泸定地震忧,
大渡河水荡激流。
房倒屋塌山石滚,
伤亡惨重蜀民愁。
万众一心来救援,
同舟共济抗灾休。

祈盼天公快作美，

还复家园更锦绣。

2022 年 9 月 6 日

作于北京皇城根下

/ 诗意人生 /

诗意就是要追溯五千年的文明，

诗意就是要展望本世纪的辉煌，

诗意就是不忘百年奋斗的道路，

诗意就是要为新征程摇旗呐喊。

诗意就是学习傲霜斗雪的红梅，

诗意就是要做千年不倒的胡杨，

诗意就是不忘镰刀锤头的锻造，

诗意就是要向中国梦展翅飞翔。

诗意的人生就是要不断地扬弃，

诗意的人生就是要不停地修养，

诗意的人生就是要不懈地努力，

诗意的人生就是要坚定的信仰。

诗意的人生就是要叱咤风云,

诗意的人生就是要不留遗憾,

诗意的人生就是要万古流芳,

诗意的人生就是要纬地经天。

2023 年 1 月 24 日

作于北京皇城根下

/ 残烛赋 /

红烛半残掩黄昏,

诗书一册墨香流。

暗烧自己照万家,

闲云野鹤唱乡愁。

滴滴蜡油垂碗底,

篇篇咏叹诵不休。

烛光虽小耀天际,

梦笔落下赋春秋。

2023 年 2 月 16 日

作于北京皇城根下

忠诚赋

魂牵梦绕诉衷肠,
四十四年山茶香。
拂晓时分开重炮,
自卫还击保南疆。
硝烟弥漫军号响,
英雄战士灭敌猖。
保家卫国洒热血,
忠诚铸就长城墙。

岁月静好星闪亮,
花好月圆夜芬芳。
军人本色永不退,
手握钢枪自担当。
中华崛起国安泰,
神州儿女富安康。
祈盼后人谨记牢,
莫让灵前草木荒。

2023 年 2 月 17 日
作于北京皇城根下

/ 像蜡烛一样 /

像蜡烛一样,
人生就能不留遗憾,
像蜡烛一样,
人生就能谱写华章。

像蜡烛一样,
人生就能建功立业,
像蜡烛一样,
人生就能充满希望。

蜡烛有人的灵魂,
蜡烛有人的向往,
蜡烛有博大的胸怀,
蜡烛有浪漫的波浪。

蜡烛的光是弱小的,
却能照亮一间陋室,
蜡烛的光是微热的,
却能温暖整个冬天。

燃烧自己是蜡烛的义务,

照亮他人是蜡烛的担当,
把自己化成了灰飞烟灭,
把美好回归了风清月朗。

虽然没有轰轰烈烈的功绩,
却有金光闪闪的远大理想,
虽然没有标秉史册的传说,
却有赠人光亮的千古辉煌。

这就是蜡烛的惊人魅力,
这就是蜡烛的神奇力量,
这就是蜡烛的无私奉献,
这就是蜡烛的委婉柔肠。

我们要像蜡烛一样,
在黑暗中默默地发光,
我们要像蜡烛一样,
优雅地完成涟漪荡漾。

2023 年 2 月 24 日

作于北京皇城根下

假如,就要

假如我是一个男人,
就要挺起奋斗的肩膀,
假如我是一个女子,
就要当好温柔的女郎。

假如我是一名士兵,
就要守卫祖国的边关,
假如我是一名工人,
就要当好大国的工匠。

假如我是一名农民,
就要种好田里的秧苗,
假如我是一名学生,
就要走进科学的殿堂。

假如我是一名作家,
就要为祖国大加赞颂,
假如我是一名歌者,
就要为人民放声歌唱。

假如我是一名商人,
就要做到诚信的度量。
假如我是一名医生,
就要治好患者的病伤。

假如我是一名教师,
就要当好育人的园丁,
假如我是一名警官,
就要威镇罪犯的猖狂。

假如我是一名监察,
就要敲响危险的警钟,
假如我是一名法官,
就要保证公正的宣扬。

假如我是一名干部,
就要负起领导的责任,
假如我是一名党员,
就要坚守模范的立场。

假如我是一名司机,
就要保证乘客的安全,
假如我是一名快递,

就要把货完好地送上。

2023年2月24日
作于北京皇城根下

/ 胜利赋 /

七十六载秋风寒,
缅怀先烈忆当年。
国人难忘九一八,
北大营里起硝烟。
卢沟桥畔枪声急,
统一战线国共联。
中华民族有豪气,
打败敌寇祭轩辕。
善良忠厚要承传,
刚烈血性是底线。
自古妖魔逞霸道,
英雄倚天抽宝剑。
铁蹄践踏中华土,
民族涂炭鸟不眠。
不忘国耻催战马,

东方崛起奏凯旋。
深刻教训记心间,
落后挨打史明鉴。
时代潮流常奔涌,
小船破桨难撑杆。
国防残弱民心忧,
经济滞后友不全。
不忘初心建四化,
牢记使命斗敌顽。

2021 年 9 月 3 日

作于北京皇城根下

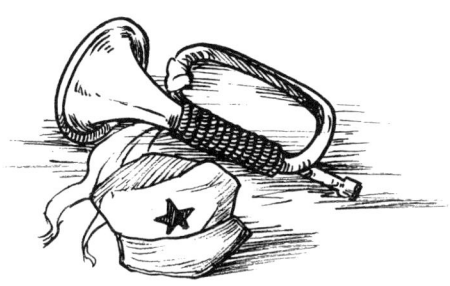

怀旧篇

/ 蘑菇云赋 /

五十六载青史鉴，
罗布泊里雷鸣传。
当年舍生又忘死，
忍饥受冻夜不眠。
克服困难勇攀登，
精忠报国俱争先。
不图名利乐献身，
为我中华耀宇寰。
东方巨响震长天，
世界格局大改变。
雄狮怒吼头高昂，
取得国际话语权。
中华从此有地位，
不再受欺展笑颜。
感恩前辈开大路，
吾辈策马再扬鞭。

2020 年 10 月 16 日
作于北京皇城根下

抗美援朝赞

遥想建国第二年,
鸭绿江上起硝烟。
中国百废正待兴,
朝鲜兄弟遭涂炭。
联合国军攻势猛,
铁甲冲过三八线。
一声令下潜入夜,
四军将士斗敌顽。
云山怒打美军团,
和平卫士英雄胆。
任凭飞机大炮轰,
坚守阵地志如磐。
一把炒面一把雪,
祖国放在我心间。
牢记前辈铸军魂,
鲜花盛开香满园。

2020年10月19日
作于北京皇城根下

缅怀赵林老首长

惊闻首长去天堂，
痛心疾首泪两行。
当年接兵音容在，
从军站岗束戎装。
孩子交给我赵林，
大熔炉里炼成钢。
各位父老请放心，
我爱士兵有柔肠。
军务处长敢担当，
纠风作训不凡响。
副司令员责更重，
待人和蔼受赞扬。
军旅生涯贯长虹，
名垂青史永流芳。
秦岭痛哭泾渭悲，
挽歌成雨地苍凉。

2021年2月13日
作于北京皇城根下

/ 百年华诞赋 /

（*盘龙诗*）

浴血奋战一百年，
指江山看党旗展。
义无反顾永飘红，
真义在心高正廉。
索贤路间祥辉照，
探圣特谱新煌观。
齐聚瀚浩穹苍玉，
工农握手举锤镰。

盘龙诗读法（按顺时针方向读下去就变成下面的一首新诗）

浴血奋战一百年，
展红廉照观玉镰。
锤举手握农工齐，
探索真义指江山。
看党旗飘正辉煌，
苍穹浩瀚聚圣贤。
义无反顾永高祥，

新谱特路在心间。

2021年3月29日

作于北京皇城根下

/ 党史之歌 /

党史是一部开天辟地的史书，

她充满了探索，

她山重了水复。

党史是一场排山倒海的变革，

她饱经了风霜，

她承受了痛楚。

党史是一艘乘风破浪的巨轮，

她充满了理想，

她驶出了南湖。

党史是一把熊熊燃烧的火炬，

她带来了光明，

她驱散了迷雾。

党史是一座巍峨耸立的丰碑，

她充满了辉煌，

她萦绕了肃穆。

党史是中国革命的不断总结，

她探求了真理，

她诠释了蓝图。

党史是九千万党员豪情战歌，

她充满了激情，

她描绘了画卷。

党史是一支催人奋进的号角，

她迸发了勇猛，

她海啸了山呼。

党史是一座使人清醒的警钟，

她坚持了自律，

她纠正了失误。

党史是吹拂神州大地的和煦春风，

她带来了温暖，

她洒下了雨露。

党史是中华儿女面前最美的彩虹，

她展示了美好，

她缤纷了花路。

党史是屹立群山的万里长城，

她篆刻了沧桑，

她充满了回顾。

党史是奔流不息的滚滚黄河，

她流淌了磨难，

她激励了纤夫。
党史是万千仁人志士呈上的答卷，
她充满了奉献，
她无悔了付出。
党史是无数革命者成长的思想指南，
她锻造了经典，
她坚挺了砥柱。

中国共产党拉动了革命的车轮，
碾碎了三座大山的枷锁和禁锢。
中国共产党举起了镰刀和锤头，
指明了民族复兴的方向和道路。
学习了中国共产党奋斗终身的历史，
中国人民的心里充满了自信的气度。
继承了百折不挠和坚韧不拔的传统，
中国革命的风暴啊必定会势如破竹。

2021年4月4日

作于北京皇城根下

红歌赋

万紫千红五月天,
红歌唱响九道川。
曲调悠扬情真切,
铿锵有力荡群山。
党旗猎猎聚民心,
真理昭昭志高远。
英烈热血染中华,
鲜花起舞赋诗篇。

2021年5月19日
作于北京皇城根下

八一赋

南昌起义红旗飘,
秋收暴动举枪刀。
两股铁流汇井冈,
星火燎原大地烧。
奋起之声震中华,
推翻旧制换新标。

中共领导打天下,
人民当家乐逍遥。
反动统治气焰嚣,
五次围攻大清剿。
左倾路线指斜路,
被迫长征血泪抛。

湘江血战军情急,
损失过半人心焦。
遵义会议扭乾坤,
北斗金星终闪耀。
四渡赤水显神招,
突破天险真奇妙。
大渡河水浪湍急,
勇士飞夺泸定桥。
翻越风雪夹金山,
跋涉草地更英豪。
娄山关上硝烟起,
腊子口外鸣号角。
三军会师歌如潮,
延安窑洞灯火照。
抗战八年得胜利,
三大战役传捷报。

国基刚奠一周年，

抗击美国去援朝。

两弹一星振国威，

五常国里有一票。

浴血奋战路初迢，

任重道远志向高。

继承前辈好传统，

扬鞭策马朝天啸。

中华民族早崛起，

岂容列强逞霸道。

八一军旗迎风猎，

保家卫国剑出鞘。

2021年7月29日

作于北京皇城根下

/ 中元节赋 /

银星闪耀色晶莹，

明月悬空独自行。

清光如水照大地，

几多海誓复山盟。

依窗仰望心潮涌,

提笔赋诗诉衷情。

花前曾许白头老,

天上抚琴世人听。

中元玉盘洁如镜,

思亲愁绪上天庭。

人生苦短像残菊,

朦胧秋夜荡浮萍。

寒风乍起枝叶落,

露水成霜草木惊。

祈盼先祖福多满,

护佑后辈享太平。

2021 年 8 月 22 日

作于北京皇城根下

/ 参观华侨党史展有感 /

当年漂流下南洋,

身在他乡两茫茫。

中华儿女真豪杰,

祖国有难勇担当。

捐钱献物做机工，
热血沸腾举刀枪。
百年航程为复兴，
赤子侨心忠向党。

2021 年 9 月 15 日
作于北京皇城根下

/ 忠魂赋 /

异国他乡埋忠骨，
英雄今日回故土。
当年抗美洒热血，
壮志豪情凌云舞。
祖国铭记功臣事，
人民不忘子弟苦。
五星红旗复戎装，
纪念碑下松涛抚。

2022 年 9 月 16 日
作于北京皇城根下

九一八赋

一九三一九一八，
一声炮响北营塌。
日寇突张虎狼嘴，
侵占奉天刀兵架。
黑疆沃野遭涂炭，
白山鹤鹿再无家。
亡国之耻今犹痛，
中华崛起雪飞花。

2022 年 9 月 18 日

作于北京皇城根下

九一八祭

九十年前黑土地，
忽被强盗来偷袭。
日本小鬼逞奸诈，
北大营里遭炮击。
从此东北民涂炭，
大好山河踏铁蹄。

牢记国耻心欲碎,
振兴中华战无敌。
中华儿女齐奋起,
建设四化争第一。
不让历史再重演,
坚持特色路不迷。
苦练内功多磨砺,
蓄势补短显神奇。
待到争锋对决时,
血染沙场扬战旗。

2021年9月18日
作于北京皇城根下

/ 英雄祭 /

红旗飘舞映蓝天,
纪念碑下肃立严。
花篮敬上怀念词,
黄花缅怀众烈先。
缓步慢行来瞻仰,
鞠躬行礼心火燃。

坚定信仰跟党走，
披荆斩棘勇登攀。

2022 年 9 月 30 日

作于北京皇城根下

/ 党史赋 /

党史浸血英雄传，
灿若繁星金光闪。
暖暖挂坠有诗情，
冷冷银圆向党捐。
革命先烈勇开拓，
后人接过红旗展。
不忘初心担使命，
人民大众是江山。

2021 年 10 月 24 日

作于北京皇城根下

纪念"一二·九"

八十六年弹指过,
星移斗转尘飞落。
北平学生捍主权,
示威游行去救国。
中共领导倡联合,
民族觉醒战敌倭。
血泪铸就英雄魂,
巨龙腾飞向天歌。

2021年12月9日
作于北京皇城根下

公祭词

汽笛鸣叫天地哀,
国旗半降菊花开。
悼念亡魂三十万,
公祭英灵又一载。
倭寇铁蹄踏金陵,
屠城暴行世界骇。

尸横遍野哭声惨,
残垣断壁火烧霾。
八十四年风雨过,
隐痛在心难忘怀。
牢记当年国耻恨,
誓雪前仇祭灵台。
中华儿女爱和平,
民族团结向未来。
今朝雄狮正追梦,
铁血铸得情豪迈。

2021 年 12 月 13 日

作于北京皇城根下

/ 老铁赋 /

千山万水情义长,
老铁好友诉衷肠。
不是兄弟胜手足,
不是姐妹赛同娘。
互为知音多关注,
每天问候如暖阳。

祝愿大家精神好，

祈福各位都健康。

2022年1月6日

作于北京皇城根下

/ 祭轩辕 /

三月初三祭轩辕，
中华民族拜祖先。
燃香鸣炮唱赞歌，
颂词献舞敬花篮。
庄严肃穆黄帝坐，
艳阳高照龙旗展。
神州大地显吉祥，
国泰民安花满园。

2022年4月3日

作于北京皇城根下

清明赋

春风拂面又清明，
观花看柳寄深情。
介子推名垂千古，
寒食禁火去踏青。
缅怀先烈祭忠魂，
继承遗志砥砺行。
振兴中华国崛起，
特色路上龙飞腾。

2021 年 4 月 4 日

作于北京皇城根下

再赋清明

春风细雨复清明，
游人如织又踏青。
遥想当年介子推，
绵山柳下冒火行。
祭拜先祖慰英烈，
寒食不忘诉衷情。

丹心化作忠魂舞，

血书谏主撼宫廷。

2022 年 4 月 4 日

作于北京皇城根下

/ 母亲赋 /

九月怀胎受磨难，

分娩如过鬼门关。

新人落地众人喜，

齐贺母亲笑开颜。

儿女长大飞将去，

空留老母望眼穿。

劝君及时把孝行，

莫等辞世空悲唤。

2022 年 5 月 8 日

作于北京皇城根下

望海潮·悼屈原

汨罗江边，龙舟排岸，端午万众哭唤。
楚国屈原，千古圣贤，抱石一跃含冤。
忠心苦上谏，赤胆肝脑悬。
身遭诬陷，意志更坚，得知郢破民涂炭。

泪洒翠竹成斑，大夫祭河山，香粽幽兰。
英魂逝远，青史流传，血色离骚尽染。
缅怀写诗篇，不食鱼数年，皓月弯弯。
银星闪闪，橘颂情怀耀宇寰。

2022 年 6 月 2 日
作于北京皇城根下

沁园春·庆祝中共一百零一周年华诞

神州晴朗，山清水秀，万里飘香。
看中华大地，生机盎然；蓝天白云，歌舞悠扬。
锤镰共举，伟业如荼，红船乘风再续航。
经百年，斗魑魅魍魉，血染刀枪。

穿越硝烟弥漫，峥嵘岁月溢彩流光。

马列根基好，不忘初心，牢记使命，砥砺担当。

铭记"两山"，梦圆小康，拔剑怒指向虎狼。

向未来，彩虹横空架，诗意辉煌。

2022 年 6 月 28 日

作于北京皇城根下

/ 重阳节赋 /

九九重阳辉满天，
岁岁叠福爱如泉。
源远流长看中华，
根深叶茂五千年。
感恩炎黄赐热血，
叩谢尧舜祭祖先。
千磨万击英魂在，
屹立东方只等闲。
长城万里舞翩跹，
黄河奔涌泛金澜。
尊老爱幼好家风，
圣贤美德代代传。

承前启后登高望,
继往开来诗意绵。
不忘初心跟党走,
牢记使命勇担当。

2020 年 10 月 25 日
作于北京皇城根下

/ 再赋重阳节 /

秋风萧瑟又重阳,
蓝天白云万里长。
枫叶欲红登高看,
五谷丰收装满仓。
神州大地平安乐,
中华儿女泰吉祥。
尊老爱幼好家风,
传统美德四海扬。
幸福不忘共产党,
大树底下好乘凉。
特色道路前程锦,
策马挥刀战虎狼。

不怕疾风和暴雨,

冲破迷雾见辉煌。

祝愿祖国再腾飞,

傲视群雄奏华章。

憧憬未来心欢畅,

老兵壮志似朝阳。

小我余热多奉献,

大爱无疆像海洋。

笨嘴拙舌爱弄文,

诗歌少律诉衷肠。

不忘初心跟党走,

奋斗使命自担当。

2021年10月14日

作于北京皇城根下

/三赋重阳节/

拜神祭祖贺重阳,

天高云淡雁成行。

五谷丰登硕果满,

鲜花盛开溢奇香。

寿比南山松翠绿，
福如东海碧水长。
愿我神州腾云起，
傲视群雄奏华章。

2022年10月4日
作于北京皇城根下

抒情篇

/ 走在月光云影的路上 /

走在月光云影的路上，
迎面吹来了微风荡漾。
看着满天的点点繁星，
想到了那曾经的辉煌。

走在月光云影的路上，
身边是一片花的芬芳。
看着城市的万家灯火，
初恋的感觉涌入胸膛。

走在月光云影的路上，
头脑里酝酿爱的诗章。
眺望远方的崇山峻岭，
肩膀扛起了历史担当。

走在月光云影的路上，
仿佛融进了浩瀚大洋。
自己就是那一滴清水，
顷刻充满了拍石力量。

走在月光云影的路上，

宛如穿越了时空走廊。
自己就像飞翔的小鸟，
刹那间就扇动了翅膀。

走在月光云影的路上，
就走进了溢香的禅房。
自己就是品茗的游客，
一瞬间就驱散了迷茫。

走在月光云影的路上，
看到了那古老的城墙。
自己就是戍边的军士，
守护着那曾经的沧桑。

走在月光云影的路上，
思绪飘进了儿时课堂。
童年的记忆浮在眼前，
耳边响起了歌谣朗朗。

走在月光云影的路上，
想起了三伏夜的打场。
自己就是个淘气孩子，
爬上草垛躺着看月亮。

走在月光云影的路上，
扫除了挫折后的彷徨。
激起了莲池中的涟漪，
引起了青蛙们的叫嚷。

走在月光云影的路上，
编织人生的远大理想。
写出字里行间的大爱，
描绘人间的如意吉祥。

走在月光云影的路上，
沐浴广寒宫里的清凉。
心中充满了幸福愉悦，
找到了人生路的方向。

走在月光云影的路上，
把那乡间的小曲轻唱。
此时的世界充满欢乐，
开启了心灵的门和窗。

走在月光云影的路上，
看到了江山万里豪放。
感恩我们伟大的祖国，

奔涌的诗歌诉说衷肠。

走在月光云影的路上，
英雄模范是我的榜样。
问心无愧地奉献光热，
无怨无悔地志在四方。

2020 年 12 月 31 日

作于北京皇城根下

/ 把手放在胸口上 /

把手放在胸口上，
注视着鲜艳的五星红旗辉映着霞光，
雄壮的义勇军进行曲回荡在天外，
我们的心里充满了磅礴的力量。
亲爱的祖国啊，
你是生我养我的地方，
我在你的怀抱里幸福地放飞，
我在你的哺育下茁壮地成长。
你就是我永久的家园，
你就是我美好的天堂。

这里有江山万里的巍峨,
这里有诗意盎然的舒畅。
我要为你长久地祈祷,
我要为你放声地歌唱。

把手放在胸口上,
三皇五帝的风骨在这里凝聚,
中华民族的意志在这里刚强。
把手放在胸口上,
时刻触摸着自己的这颗良心,
时刻不忘自己的憧憬和希望。

把手放在胸口上,
这里有无疆的大爱,
这里有伟大的善良。
我们都是中国人,
自古就有东方巨龙的神采豪迈,
抵挡得了人生路上的雨雪风霜。

把手放在胸口上,
眺望着白色的和平鸽快乐地飞翔。
庄严的人民英雄纪念碑耸入云天,
我们的心海里翻腾着炽热的血浪。

亲爱的前辈啊,

你为后人扫平了路障。

我在你的手里承传了红色的接力,

我在你注视的目光下勇敢地担当。

你就是我生命的基因,

你就是我向往的辉煌。

这里有万里长征的艰辛,

这里有特色道路的开创。

我要为你真诚地祝福,

我要为你奋力地远航。

把手放在胸口上,

中华儿女的气质在这里汇集,

中华儿女的品德在这里流芳。

把手放在胸口上,

时刻触摸着自己的这颗良心,

永远牢记自己的初衷和理想。

把手放在胸口上,

这里有温暖的源泉,

这里有奉献的芳香。

我们都是中国人,

自古就有坚贞不屈的英雄气概,

泰山压顶时都能挺起铜肩铁膀。

2021 年 2 月 22 日

作于北京皇城根下

/月色朦胧下的乡愁/

皎洁的月光，

随着风儿飘荡，

洒在万家灯火的城市，

洒在小桥流水的村庄。

清澈的月光，

像那泉水一样，

洒满连绵不断的群山，

洒遍波澜壮阔的海洋。

神奇的月光，

像人心的向往，

飞向遥远的未来世界，

飞向亘古的原野边疆。

如诗的月光,

是情感的奔放,

她为情人带来了牵挂,

她为游子带来了力量。

温馨的月光,

是幸福的流淌,

给孤独的旅途以安慰,

给枯燥的境遇以芬芳。

美妙的月光,

是童话的畅想,

给身遭不幸的人同情,

为砥砺前行的人鼓掌。

2021 年 7 月 9 日

作于北京皇城根下

/ 九雅赋 /

听雨

夜来听雨心坦然,

淅沥声响情舒缓。
灯下观书有意境,
窗外滴水似读禅。
几缕清风拂碧草,
数计闷雷光裂闪。
万物滋润都入骨,
浮想古今笔墨宣。

拾花
鲜花落地本是残,
俯身拾起嗅鼻尖。
爱惜美丽情切切,
呵护生命意绵绵。
万紫千红花各异,
五彩斑斓味香甜。
世界若无花簇簇,
哪来诗文一篇篇。

赏画
赏画文雅又清闲,
开轴展示仔细观。
工笔写意各不同,
山水人物跃纸间。

花鸟鱼虫池塘现,
走兽威猛睁睡眼。
文化传承诗书画,
中华文明耀顶巅。

品茗
手捧油滴和建盏,
三五好友聚桌前。
茶片入壶冲热水,
浸泡少时气味绵。
凤凰点头三滴水,
关公巡营四更天。
谈古论今话沧桑,
风流趣事尽笑言。

探幽
巡幽探访圣和仙,
寻奇搜妙乐无边。
危峰景至天下绝,
碧水柔情秀世间。
文人挥笔石上落,
诗者低吟赋成篇。
不负美好光阴短,

周游大地与山川。

观云
观云赏雾在高山,
鹤舞鸿飞自悠闲。
飘来隐去任逍遥,
自然变幻百万千。
独自仰望苍茫夜,
一片银花一片莲。
孤寂之时望晴空,
遥寄深情彩云间。

赏月
赏月当往碧水边,
波光粼粼映玉盘。
远离喧闹寻幽静,
独与玉兔话缠绵。
农历十五赏明月,
供奉果品点香烟。
广寒宫里嫦娥闷,
欲偷下凡到人间。

酌酒

陈香老酒味纯绵,

相知对饮笑开颜。

李白举杯邀明月,

杜康一醉整三年。

英雄大饮壮行色,

豪杰上阵喝一坛。

小酌本是爽快事,

君子有度杯少端。

抚琴

抚琴一曲天下传,

委婉动听入心间。

伯牙鼓琴少知音,

子期会听早升天。

文人雅士常弹奏,

宫廷舞乐帝王欢。

琴弦拨动山河醉,

韵律悠扬恒久远。

2022年9月11日

作于北京皇城根下

蝶恋花·辛丑年国庆抒怀

山在欢呼海在唱。神州大地，花开万里香。
政通人和民安泰，特色之光映小康。

秋风送爽云飞扬。旭日东升，南归雁成行。
东方巨轮汽笛吼，雄鸡昂首更辉煌。

2021 年 9 月 28 日
作于北京皇城根下

我感恩，中国

我感恩，中国，
你是生我养我的中国。
这里有勤劳勇敢的人民，
这里有壮丽无比的山河。
到处是莺歌燕舞，
到处是鲜花朵朵。

我感恩，中国，
你是历史悠久的中国。

这里有古老文明的传承,

这里有中华血脉的经络。

到处是青山绿水,

到处是业美人卓。

我感恩,中国,

你是坚定自信的中国。

这里有诸子百家的积淀,

这里有传统国学的笔墨。

到处是祖训家风,

到处是韵律合辙。

我感恩,中国,

你是四大发明的中国。

这里有人杰地灵的智慧,

这里有物华天宝的星罗。

到处是朗朗乾坤,

到处是霞光闪烁。

我感恩,中国,

你是中华民族的中国。

这里有《天工开物》的艺术,

这里有《资治通鉴》的渊博。

到处是鬼斧神工，
到处是奇观佳作。

我感恩，中国，
你是正在崛起的中国。
这里有诗意盎然的憧憬，
这里有日新月异的拼搏。
到处是奋发图强，
到处是生机勃勃。

我感恩，中国，
你是乘风破浪的中国。
这里有光明灿烂的未来，
这里有排山倒海的磅礴。
到处是红旗招展，
到处是攻坚必夺。

我感恩，中国，
你是幸福吉祥的中国。
这里有经天纬地的蓝图，
这里有安居乐业的收获。
到处是和谐共生，
到处是喜在心窝。

我感恩，中国，

你是政通人和的中国。

这里有历史责任的担当，

这里有坚持值守的执着。

到处是党徽闪闪，

到处是志愿多多。

我感恩，中国，

你是充满大爱的中国。

这里有不忘初心的激情，

这里有牢记使命的承诺。

到处是星光灿烂，

到处是丰收硕果。

我感恩，中国，

我感恩，中国！

2021 年 12 月 31 日

作于北京皇城根下

/ 水调歌头·云在空中走 /

云在空中走，明月灿浩然。

仰望苍穹长夜，银河星暗闪。

梦幻世界难去，人生常伴风雨，冷热各一半。

举杯祝好友，焚香到九天。

思知己，心相依，情不断。

得失无悔，清光泄洒润丹田。

花谢艳凋零落，路将尽途转来，诗文总有憾。

祈盼福德厚，青史永流传。

2022 年 9 月 10 日

作于北京皇城根下

/ 和往事挥挥手 /

不论生活经过了多少烦忧，

不论岁月浸泡了多少哀愁，

只要生活还在继续，

艰难险阻就会再有。

我们都要坚强地，

抬起头向前走,

坚信曙光在前头,

笑对风雨和急流,

和往事挥挥手。

不论你是否落魄卑微的丑陋,

不论你是否做过尊贵的爵侯,

只要生活还在继续,

荆棘毒虫就会再有。

我们都要微笑地,

抬起头向前走,

坚信胜利在前头,

笑对群雄的阴谋,

和往事挥挥手。

不论爱的激情多么的热烈,

不论恨的浪潮多么的疾首,

只要生活还在继续,

雷鸣电闪就会再有。

我们都要理智地,

抬起头向前走,

坚信顶峰在前头。

笑对阴霾和污垢,

和往事挥挥手。

不论看过了多少山清水秀，
不论走过了多少戈壁荒丘，
只要生活还在继续，
天灾人祸就会再有。
我们都要勇敢地，
抬起头向前走，
坚信成功在前头，
笑对狼烟和敌寇，
和往事挥挥手。

2022 年 10 月 5 日 5
作于北京皇城根下

/ 敲响新年的钟声 /

伴着凛冽的寒风，
敲响新年的钟声，
元旦的朝阳在东方升起，
灿烂的霞光在云里辉映。

听着嘹亮的国歌,

升起鲜红的五星,

伟大的首都在发光闪耀,

古老的北京在砥砺前行。

踏着白色的云层,

荡漾辽阔的风景,

伟大的祖国在奋力崛起,

挺拔出高耸的奇峰山顶。

披着风雪的寒冰,

叫醒冬眠的生灵,

悠扬的钟声在空中传播,

沧桑的神州在迎接黎明。

循着雄伟的长城,

回响秀美的南岭,

漠河的炊烟袅袅地飘散,

版纳的月光柔柔的风情。

重回旧日的烟火,

奏响歌舞的升平,

流逝的时光在穿越奔驰,

如诗的远方在溢彩流莹。

温热陈酿的老酒,
泡开扑鼻的香茗,
理想的翅膀在扶摇直上,
凌云的壮志在耀灿人生。

敲响新年的钟声,
描绘蓝图的复兴,
初心的力量在波翻浪涌,
使命的鞭策在警钟长鸣。

敲响新年的钟声,
集结奋进的精英,
冲锋的号角在耳边吹响,
启航的汽笛在圆梦憧憬。

敲响新年的钟声,
延续血脉的传承,
古老的中华在重振雄风,
甲骨的记忆在诉说文明。

敲响新年的钟声,

放飞浪漫的长缨，

冰冻的雪山在悄悄融化，

盼归的鸿雁在洗耳恭听。

敲响新年的钟声，

回归北方的苍青，

数九的脚步在渐行渐远，

春天的气息在越浓越凝。

敲响新年的钟声，

抖落寒流的身影，

儿时的童趣已变成笑谈，

未来的道路要奋勇前行。

敲响新年的钟声，

开启特色的征程，

历史的嘱托正任重道远，

人民的江山已柳暗花明。

敲响新年的钟声，

展望世界的前景，

严重的危机正风狂雨骤，

海燕的鸣叫正挥洒豪情。

沿着运河的风帆，

领略大漠的驼铃，

楼兰的豪迈看边关晓月，

轮台的悲壮看铁马奔腾。

飞上闪烁的银河，

潜入深海的龙庭，

洪亮的钟声带来了希望，

鼓舞着人们向未来出征。

钟声掀开了迷雾，

告知新年的意境，

年轻的晚辈激发了斗志，

花甲的人们尽享了安宁。

钟声宣告了和平，

敲响宝贵的安定，

钟声为世界祈求了幸福，

钟声为人类昭示了永恒。

2023 年 1 月 1 日

作于北京皇城根下

/ 春天的畅想 /

春天的气息越来越浓,
春天的色彩越发鲜艳,
冬天的身影变得模糊,
冬天的冰冷变成温暖。

春天的朝阳在冉冉地升起,
灿烂的朝霞映在山海之间,
春天开始了新的季节变换,
春天开始了新的百花争妍。

长城内外的风雪落地如玉,
大江南北的春光洒满两岸,
春天迈着欢快的脚步走来,
春燕扇动灵巧的翅膀表演。

春天是播种希望的季节,
春天是憧憬未来的片段,
春天里有对人生的向往,
春天里有对生活的期盼。

春天里树枝会长出新芽,

春天里燕子会筑巢屋檐,
春天的细雨会滋润大地,
春天的微风会轻拂人面。

春天里我们可以发奋地学,
春天里我们可以努力地干,
春天里可以写智慧的寄语,
春天里可以读豪迈的诗篇。

在新颖的春天里,
我们要牢记先烈的遗志,
在温暖的春风里,
我们要升起特色的风帆。

我们要鼓起千百倍的勇气,
面对风起云涌的危机局面,
坚信有中国共产党的领导,
我们就能冲破疯狂的阻拦。

在这莺歌燕舞的春天,
中华的大地上花开草盛,
在这活力四射的春天,
中华儿女造出美丽家园。

望着夜空的满河星闪,
心中充满了美好的画卷,
在这阳光明媚的春天,
神州大地变成绿水青山。

看着云中的一行鸿雁,
胸中饱含了坚定的信念,
在这风光无限的春天,
中国号巨轮响彻长天。

满载着中华民族的重托,
驶向那前程似锦的彼岸。
担负着中国历史的重担,
跨越那铁血苍凉的雄关。

春天啊,春天,
你让我焕发无穷的畅想,
春天啊,春天,
你让我写出理想的诗篇。

春天啊,春天,
你是生机勃勃的美好季节,
春天啊,春天,

你是人生路上的亲密伙伴。

来吧，我亲爱的朋友，
让我们在春天里高歌猛进，
来吧，我亲爱的父兄，
让我们在春天里喜悦狂欢。

春天的雷声就要漫步长空，
春天的细雨就要飘落大千，
春天的清风就要轻轻吹起，
春天的花蕾就要开放纷繁。

春天里我们要勇敢地担当，
去挑起这时代赋予的重担，
春天里我们要执着地坚守，
守住我们心里的明灯一盏。

春天里我们要顽强地开拓，
去拓展那潮流奔涌的前沿，
春天里我们要精诚的团结，
让团队戴上那耀眼的光环。

春天里我们要不断地攀登，

早日登上绚丽光辉的山巅，

春天里我们要努力地探索，

在真理的指引下奋勇向前。

> 2023 年 1 月 22 日
>
> 作于北京皇城根下

/ 致敬绿色的军装 /

我爱这红色的帽徽，

我爱这红色的领章，

我爱这国防绿的军衣，

我爱这五六式的钢枪。

穿上这身绿色的军装，

肩膀上就有了神圣的担当，

穿上这身绿色的军装，

胸膛里便涌起蓬勃的力量。

军装上的三点红是革命传统，

军装上的三点红映照着脸庞，

军装上的三点红给人以勇敢，

军装上的三点红给人以坚强。

穿上这身绿色的军装,
红军的形象就在身旁,
穿上这身绿色的军装,
长征的风雨落在身上。

绿色的军装虽然朴素,
却散发着意志的光芒,
绿色的军装虽然普通,
却展示着军人的高尚。

绿色的军装吃苦耐劳,
"两不怕"精神光大发扬,
绿色的军装朴实无声,
坚定的为祖国站好岗。

绿色的军装赤胆忠心,
祖国的需要就是理想,
绿色的军装默默无闻,
人民的利益不能受伤。

绿色的军装伸张正义,

邪恶的势力不敢嚣张，
绿色的军装代表服从，
上级的命令字字铿锵。

绿色的军装忍辱负重，
从不计较荣誉和奖章，
绿色的军装胸怀广大，
捍卫祖国主权的声望。

绿色的军装退出现役，
悄然间被搁置在一旁，
绿色的军装欲哭无泪，
他们的泪水早已成霜。

绿色的军装所向披靡，
绿色的军装固若金汤，
绿色的军装是经济建设的保证，
绿色的军装是复兴圆梦的栋梁。

如果我们不愿意任人宰割，
就要致敬我们的绿色军装，
如果我们要追求岁月静好，
就要善待我们绿色的军装。

没有绿色的军装就没有人民的安康,
没有绿色的军装就没有祖国的屏障,
没有绿色的军装就没有国际话语权,
没有绿色的军装就没有祖国的繁荣。

绿色的军装见证过核爆,
绿色的军装领略过刀枪,
绿色的军装有暖心的温情,
绿色的军装有震撼的沙场。

绿色的军装喝过壮行的烈酒,
绿色的军装把刺刀擦得雪亮,
绿色的军装剃过战前的光头,
绿色的军装用血书申请入党。

绿色的军装体验过宣誓的庄严,
绿色的军装倾听过冲锋的号响,
绿色的军装也知道生命的宝贵,
绿色的军装更懂得儿女的情长。

绿色的军装在抢险中冲锋,
绿色的军装在救灾中闪亮,
绿色的军装不怕摸爬滚打,

绿色的军装谱写壮美华章。

绿色的军装朴实无华,
绿色的军装威武雄壮,
绿色的军装受人爱戴,
绿色的军装无上荣光。

绿色的军装有辉煌的岁月,
绿色的军装有硝烟的熏呛,
绿色的军装有动人的故事,
绿色的军装有戍边的塑像。

绿色的军装有向天挥剑的雄风,
绿色的军装有擒狼打虎的激昂,
绿色的军装有横扫千军的霸气,
绿色的军装有摧枯拉朽的洪荒。

绿色的军装经过战斗的洗礼,
绿色的军装受过血肉的创伤,
绿色的军装仰望璀璨的星空,
绿色的军装唱响十五的月亮。

穿上这身军装心中充满了自豪,

穿上这身军装浑身变成了金刚，
穿上这身军装胸怀伟大的祖国，
穿上这身军装放眼世界的风光。

穿上这身军装守卫边关的哨卡，
穿上这身军装呵护遥远的边疆，
我爱你啊，这绿色的军衣，
我爱你啊，这伟大的戎装。

向你致敬啊，绿色的军装，
向你致敬啊，忠诚的戎装。
向你致敬啊，红色的帽徽，
向你致敬啊，红色的领章。

向你致敬啊，五六式的钢枪，
向你致敬啊，这闪耀的勋章。
向你致敬啊，伟大的战士，
向你致敬啊，英勇的战将。

2023年1月27日
作于北京皇城根下

/ 含隐诗 /

风花雪月在天边,
朦胧缥缈秀诗篇。
微醺美酒望寒夜,
真情含隐诗赋间。
一支恋曲为君抚,
两眼泪光照琴弦。
擦肩而过心留影,
只盼梦中再续缘。

2020 年 10 月 24 日
作于北京皇城根下

/ 同道词 /

摘星揽月你上天,
擒龙捉鳖我下船。
为何珠山聚八友,
为何竹林是七贤。
皆为都有大成就,
皆为都驾彩云端。
不是同道不相逢,

未到天宫难入班。
闲言碎语是日常,
恩怨难了在世间。
一旦登高放眼望,
莺歌燕舞天籁传。
升华自己很重要,
三昧真火炼仙丹。
吟诗作赋心境美,
品茗抚琴伴笑谈。

2021 年 1 月 29 日

作于北京皇城根下

赞花篇

/ 百合花赋 /

古今花中谁称魁，
寓意丰富品格伟。
百年好合含爱意，
心想事成祝福随。
高贵典雅色彩多，
神秘孤傲真善美。
诅咒邪恶显正义，
执着喜悦香味挥。

2020 年 10 月 22 日
作于北京皇城根下

/ 康乃馨赋 /

康乃馨花表深情，
寓意美好人心明。
母亲伟大最无私，
慈祥宽容是神圣。
花色娇艳味芬芳，
花朵还可取香精。

既能浪漫把礼献,
又可山盟承诺行。

2020年10月23日
作于北京皇城根下

/ 狼毒花赋 /

本是草原一枝花,
后到沙漠安下家。
簇拥点点似繁星,
半球圆圆惹人夸。
根下有毒能入药,
内服外用功效佳。
生命顽强英雄色,
热情奔放爱勃发。

2020年10月23日
作于北京皇城根下

/ 玫瑰赋 /

求爱首当玫瑰花，
纯洁浪漫情无价。
平复情绪散瘀血，
疏肝去火美面颊。
颜色不同各有意，
温馨典雅自抒发。
世人都愿赠美女，
手有余香乐无涯。

2020 年 10 月 23 日
作于北京皇城根下

/ 郁金香赋 /

家在地中海岸旁，
荣登异域国花榜。
不远万里来中华，
扎根沃土露芬芳。
花姿绚丽眼有福，
品种繁多散奇香。

深藏喻义动心扉,

高雅情趣美名扬。

2020年10月24日

作于北京皇城根下

/ 芍药花赋 /

芍药尊享花中相,

治病尽显奇效强。

清心润肺能养血,

平肝明目补身康。

七夕示爱心一片,

将离草别泪两行。

天生丽质多娇美,

雍容华贵入殿堂。

2020年10月26日

作于北京皇城根下

雪莲花赋

生在高山雪线下，
不怕天寒花更白。
药用可治数种病，
古代书上有记载。
二级植物受保护，
状如莲花更可爱。
坚韧不拔性纯洁，
雪莲折桂挂金牌。

2020 年 10 月 27 日
作于北京皇城根下

马齿苋赋

枝翠叶绿花鲜艳，
大江南北都开遍。
清热利湿可解毒，
生命力强人喜欢。
味道奇特可食用，
常做百姓盘中餐。

象征幸福和好运，
永结同心秋水涟。

2020 年 10 月 28 日
作于北京皇城根下

/ 满天星赋 /

花中独爱满天星，
晶莹明快表深情。
祝福关心和思念，
赞美纯洁婉约行。
温柔清新好牵挂，
甘当配角美心灵。
人间充满诗情意，
浩瀚苍穹花一顶。

2020 年 10 月 29 日
作于北京皇城根下

/ 骆驼草赋 /

大漠孤烟骆驼草,
沙地绿洲景色好。
滋补强身治腹痛,
平衡体液疾远逃。
待到秋时枝枯去,
来年春季又绽苞。
丝绸之路送刺蜜,
生态稳定抵沙暴。

2020 年 10 月 30 日
作于北京皇城根下

/ 山丹丹赋 /

花红鲜艳山丹丹,
色彩绚丽香甜甜。
既可食用做佳肴,
又能入药治疾患。
团结向上有正气,
生命力强耐干旱。

获得新生有魅力，
花中女神誉满园。

2020 年 10 月 30 日
作于北京皇城根下

/海棠赋/

海棠花开枝满头，
色泽淡雅欲含羞。
象征苦恋柔肠断，
美丽飘香似离愁。
不怕严寒傲冰雪，
顽强生长尽风流。
品德高贵入诗云，
相思之情万古留。

2020 年 10 月 30 日
作于北京皇城根下

/ 仙人掌赋 /

浑身利刺仙人掌,
喜在沙漠晒太阳。
身含蛋白维生素,
降低三高保健康。
自强不息很乐观,
执着努力有信仰。
刚毅不屈为真爱,
远行之人做榜样。

2020 年 10 月 31 日
作于北京皇城根下

/ 三角梅赋 /

三角梅开红又艳,
装饰门窗走廊边。
散瘀消肿疗效好,
活血调经笑开颜。
坚韧不拔惹人爱,
热闹非凡像火焰。

旺盛催得花怒放,
顽强奋进开满园。

2020 年 11 月 1 日
作于北京皇城根下

/ 菊花赋 /

菊花品种繁又多,
色彩斑斓显性格。
平肝明目又减肥,
散风祛热能去火。
淡淡幽香萌爱意,
清清白白去天国。
九月金秋花盛开,
重阳节敬长寿佛。

2020 年 11 月 1 日
作于北京皇城根下

万年青赋

绿叶宽大翠碧苍,
浆果圆润红闪亮。
吉祥如意人人爱,
花开艳丽朵朵香。
清热解毒强心剂,
净化空气散瘀伤。
健康长寿送父母,
天荒地老情义长。

2020 年 11 月 2 日
作于北京皇城根下

君子兰赋

枝肥叶绿生机昂,
红花黄蕊吐芬芳。
威武不屈显刚毅,
幸福美满表吉祥。
净化空气吸尘土,
感情专一思绪长。

格调高高赏心悦,

风度翩翩美名扬。

2020 年 11 月 3 日

作于北京皇城根下

/ 栀子花赋 /

冬夏长青花如雪,

无瑕如玉惹人爱。

浓烈芳香叶油亮,

馨郁四溢入药来。

泻火除烦能清热,

凉血解毒释愁怀。

坚强喜悦纯高雅,

一生守候永不衰。

2020 年 11 月 3 日

作于北京皇城根下

杜鹃赋

神州大地长杜鹃,
万紫千红花满园。
生命坚韧志刚强,
喜悦幸福到永远。
调经活血又止咳,
祛湿解毒治疾顽。
友谊长存属佳人,
月下离愁常思念。

2020年11月3日
作于北京皇城根下

月季花赋

月季美名天下传,
京城市花享一半。
爱情纯洁永忠贞,
幸福光鲜又娇艳。
活血通经抗肿痛,
疏肝解郁病愈痊。

珍惜初恋显个性,
赋诗一首赞笑颜。

2020 年 11 月 3 日
作于北京皇城根下

/兰花赋/

高贵美好清淡雅,
品种繁多数兰花。
象征贤德和娇丽,
比喻兄弟与国家。
自信无悔情炽热,
珍贵神奇山野发。
质朴娴静称君子,
民族情结耀中华。

2020 年 11 月 3 日
作于北京皇城根下

油菜花赋

油菜花开遍地黄，
山川田野处处香。
可以减肥抗疾病，
美容防老调胃肠。
姿态朴素又自然，
柔中可亲美娇娘。
谦虚浑厚古风存，
催人思春好向往。

2020年11月4日
作于北京皇城根下

朱顶红花赋

头上开花似火焰，
随风摇摆更好看。
品种多样各相异，
观赏价值在眼前。
解毒止血治病疾，
散瘀消肿体康健。

花香沁人多妩媚，

真心求爱献杜鹃。

2020 年 11 月 4 日

作于北京皇城根下

/ 山茶赋 /

不畏苦难开满山，

持之以恒意志坚。

纯真灵动惹人爱，

气质高雅更好看。

收敛凉血消肿痛，

润肺养阴瘀结散。

潇洒高尚很出众，

青翠优雅最娇艳。

2020 年 11 月 4 日

作于北京皇城根下

迎春花赋

迎春花开金光闪,
不怕风吹冰雪寒。
清热解毒一味药,
活血消肿两粒丹。
适合观赏美如画,
色泽金黄耀人眼。
气质高雅有生机,
坚韧朴实香满园。

2020 年 11 月 5 日
作于北京皇城根下

映山红赋

映山红花开满山,
绚丽多姿香浪卷。
生活幸福靠拼搏,
节制欲望有信念。
爱你真情深似海,
永不放弃到百年。

生命顽强战寒冬,

绽放依旧在春天。

2020 年 11 月 5 日

作于北京皇城根下

/ 荷花赋 /

莲池盛开荷花鲜,

宛如仙女舞翩翩。

金鸡独立碧波上,

谦谦君子尘不染。

虽在污泥水中生,

保持洁白在心间。

低眉含笑脸绯红,

肤如凝脂碧水间。

2020 年 11 月 6 日

作于北京皇城根下

/ 向日葵赋 /

向日葵花追太阳，
朝气蓬勃笑脸黄。
沉默忠诚象征爱，
积极向上更阳光。
降脂通便心安定，
平复情绪保健康。
籽粒饱满能榨油，
味道香美宾客赏。

2020 年 11 月 7 日

作于北京皇城根下

/ 翠竹赋 /

一身翠绿气浩然，
青春永驻在人间。
生命顽强不畏雪，
笑对冷热枝茂繁。
节节高升寓意好，
叶叶飘摇影如幻。

凌霜傲雪志坚韧,
品格质朴寿长安。

       2020 年 11 月 8 日
       作于北京皇城根下

/ 鸡蛋花赋 /

朴素淡雅众人夸,
低调含蓄露芳华。
黄白颜色多奇妙,
孕育希望芽正发。
医药作用很明显,
清热消肿有一把。
沏杯凉茶当饮料,
化痰清肺鸡蛋花。

       2020 年 11 月 9 日
       作于北京皇城根下

梅花赋

冬季绽放花溢香，
孤傲美人盛名扬。
坚韧不拔意志高，
品质典雅战寒霜。
象征五福寓意好，
自强不息入诗章。
婀娜多姿笑迎春，
天生丽质登金榜。

2020年11月9日
作于北京皇城根下

牡丹赋

雍容华贵是花王，
端庄典雅显吉祥。
繁荣茂盛多绚丽，
仙风傲骨尽流芳。
美好期盼牡丹开，
百花齐聚到洛阳。

气质不凡堪称尊,

国色天香入画廊。

2020 年 11 月 10 日

作于北京皇城根下

/ 樱花赋 /

樱花高雅质朴美,

纯洁爱情入心扉。

象征希望勤发奋,

青春活力香气催。

生津止渴降三高,

明目养血体力归。

一生一世不放弃,

漫山遍野花絮飞。

2020 年 11 月 10 日

作于北京皇城根下

灵芝赋

益气安神血色好,
健脾和胃有良效。
治疗虚劳和心悸,
失眠头晕疲乏消。
美好富贵入万家,
吉祥如意是瑞草。
奉为仙品保幸运,
长生不老乐逍遥。

2020 年 12 月 2 日

作于北京皇城根下

生活篇

国庆有感

金秋十月花浓艳,
婵娟含羞半遮脸。
苍穹深邃银河亮,
白云萦绕玉皇殿。
吴刚斫桂酿美酒,
玉兔捣药杵仙丹。
广寒宫里看神州,
嫦娥几度思下凡。
中华儿女团结紧,
巨龙腾飞上九天。
枫叶飘红染群山,
秋风过去冬上演。
人生如梦一瞬间,
草木逢冬叶落完。
时光珍贵金难买,
江河东去不复返。
万里征程风雨多,
千秋笔墨终成卷。
励精图治无虚度,
浴火重生再登攀。

2020 年 10 月 6 日
作于北京皇城根下

贺新春

鼠遁牛来霞光灿,
冬去春开天蔚蓝。
星移斗转万物生,
莺歌燕舞笑开颜。
党旗飘飘迎风展,
堡垒座座毅如盘。
坚信中华能崛起,
砥砺前行跨雄关。
不忘初心为民众,
牢记使命挺双肩。
扬鞭策马向未来,
号角齐鸣战鼓喧。
春风化雨香满园,
杨柳枝头燕飞还。
生机勃勃阳气盛,
暖意融融耕地翻。
尊重生命是根本,
人类同舟挽狂澜。
神州万里江山美,
中华九派彩虹连。

2021年2月2日
作于北京皇城根下

/ 春雨谣 /

春雨清新像绒毛,
沁人心脾自逍遥。
杨柳枝头今又绿,
冰河解冻鸳鸯闹。
万物复苏有生机,
青山碧野霞光照。
彩云朵朵雁回归,
牧笛阵阵歌如潮。
牛年兴旺冲九霄,
时来运转福星到。
党旗百年指方向,
砥砺前行跨金桥。
今播希望到沃土,
当看秋收谷弯腰。

2021 年 2 月 14 日

作于北京皇城根下

/ 春雨赋 /

细雨甘霖伴春风，
清凉润物浸窗棂。
惊蛰地暖燕归来，
杨柳枝条翠芽青。
万紫千红风光好，
莺歌燕舞秀诗情。
神州崛起龙飞舞，
中华锦绣耀天庭。

2021 年 3 月 12 日
作于北京皇城根下

/ 晚霞赋 /

晚霞绚丽夕阳灿，
金光四射映残天。
都说黄昏人宜老，
我看暮时赛少年。
参禅悟道通哲理，
琴棋书画诵诗篇。

夜色幽深星闪亮,
银河浪里摇渡船。

2021 年 4 月 7 日
作于北京皇城根下

/ 夕阳红赋 /

风吹叶动夕阳红,
天空渐暗炊正浓。
飞鸟归巢枝上落,
夜色袭来眼朦胧。
值守平凡虽寂寞,
为国利民自觉荣。
不图名利做奉献,
老兵甘愿乐从容。

2021 年 4 月 9 日
于值班站点

春梦赋

春雨霏霏落九城,
清风徐徐拂窗棂。
水滴浸入花梦里,
黄色绿彩更娇萌。
蓝天洗净心舒畅,
大地润泽鸟虫鸣。
信笔乐书诗一首,
爱我中华诉衷情。

2021 年 4 月 22 日
作于北京皇城根下

景山小聚诗

五位豪哥美名传,
快乐飘逸赋诗篇。
牡丹花开显富贵,
郁金香气沁满园。
苍松翠柏论古今,
亭台楼阁游人玩。

日盛餐厅品小酒,
心潮澎湃话当年。

2021 年 4 月 28 日

作于北京皇城根下

/ 春雨思 /

满天小雨入花丛,
轻拂枝叶暗流冲。
洗净尘埃心舒畅,
祈盼雨后现彩虹。
灯下铺纸思情趣,
红茶一杯味香浓。
闲云野鹤何处有?
仙风道骨看君容。

2021 年 4 月 30 日

作于北京皇城根下

/ 抒怀 /

昔日战友聚京来，
喜上眉梢乐开怀。
共叙当年兄弟情，
美好青春献炮台。
初心不改砥砺行，
牢记使命志不衰。
只要祖国一召唤，
宝刀出鞘放异彩。

大海随笔于 2021 年 5 月 8 日

/ 月光宝石赋 /

仰望明月像玉盘，
皎洁清光似水帘。
人间至宝在何处？
闪烁灵石山脉间。
独占美誉多荣贵，
英雄尽享戴花环。
千金万银皆失色，

湖海江河起波澜。
苍茫久旷尘烟复，
芳流在世赛香兰。
梦里寻奇无数场，
醒来此珍亮眼前。

2021 年 5 月 26 日月食之际

作于北京皇城根下

/ 观京城雨色 /

云雾缭绕锁京城，
雨点淅沥润树青。
草欢花乐虫鸟鸣，
夜来未听雷响声。
清风拂面不知夏，
好似深秋汗毛凝。
池边喜听蛙高唱，
燕舞蝶飞都暂停。

2021 年 7 月 30 日

作于北京皇城根下

/ 金秋赋 /

艳阳高照复迎秋,
硕果飘香满神州。
山河锦绣人欢笑,
星空闪烁挂银钩。
莺歌燕舞唱吉祥,
城乡村镇庆丰收。
生活幸福感党恩,
祖国强盛上琼楼。

2021 年 8 月 7 日
作于北京皇城根下

/ 七夕赋 /

月映涟漪荷花秀,
风拂堤岸垂杨柳。
仰望天空银河灿,
鹊桥横架泪涌流。
牵手急说相思苦,
分别紧拉裙衣袖。

此等煎熬何时了？
刀割情丝万古愁。
天宫习俗太陈旧，
牛郎织女难聚首。
都说神仙生活美，
怎赛人间一壶酒。
高处寒风凉刺骨，
怎敌田野抚耕牛。
珍惜盛世好时光，
葡萄架下听雨稠。

2021 年 8 月 13 日时

作于北京皇城根下

/ 秋雨赋 /

秋雨淅沥诗意开，
山河翠绿流异彩。
暑气渐退身舒畅，
高茗自品欲抒怀。
人生苦短如四季，
雾里看花梦徘徊。

但愿迷途早知返,

心灯点亮照灵台。

2021年8月19日

作于北京皇城根下

/ 咏月 /

中秋月色美,

银光普天照。

正值丰收歌舞平,

团圆在今朝。

人间逢盛世,

天宫花自娇。

喜看强国腾飞日,

中华乐逍遥。

2021年9月21日

作于北京皇城根下

/ 云蒙山雨景赋 /

层峦叠嶂雨霏浓,
云雾缭绕满苍穹。
亲朋好友窗前坐,
红茶在手心暖融。
溪水奔流白浪翻,
涟漪开散似芙蓉。
画师即景泼重彩,
诗人把酒颂豪雄。
松涛阵阵潜入林,
小鸟啾啾望天空。
人生如梦常缺圆,
冬去春来花又红。
赞这长城多壮美,
唱那大河起飞虹。
珍惜当下好时光,
潇洒浪漫上九重。

2021 年 10 月 5 日

作于北京密云古镇溪翁庄

/ 育英赞 /

育英美名众口传，
横空出世百余年。
桃李芬芳满天下，
英才豪壮勇登攀。
历史长悠风骨秀，
奇功伟绩耀宇寰。
祝福母校同日月，
辉煌永铸照河山。

2021 年 11 月 7 日
作于北京皇城根下

/ 立冬赋 /

立冬初逢暴雪天，
风吹雨打草木寒。
潮冷阴湿虫鸟冻，
刺骨寒冰割人脸。
祈盼暖日早升空，

云开雾散展蔚蓝。
四季轮回春复夏,
星移斗转秋冬连。

2021 年 11 月 7 日

作于北京皇城根下

/ 银杏书签赋 /

银杏满树话沧桑,
枝繁叶茂放金光。
接片落叶写育英,
桃李芬芳万里香。
片片书签寄乡愁,
莘莘学子奏华章。
不论天涯与海角,
月下常思校训扬。

2021 年 11 月 14 日

作于北京皇城根下

/ 月偏食赋 /

月色朦胧遇偏食,
垃圾分类我当值。
风轻树静鸟归巢,
灯火阑珊正饭时。
党徽闪闪胸前耀,
绿袖青青臂上持。
不图名利甘奉献,
老兵站岗鼎力支。

2021 年 11 月 19 日
作于北京皇城根下

/ 冬雨赋 /

冬雨霏霏天上来,
润物丝丝畅心怀。
疑是四季颠又倒,
地温树潮暖意开。
抬头仰望全是雾,
伸手偶接寒水在。

莫非春色嫌太迟,
急播花籽园中栽。

> 2021 年 12 月 9 日
> 作于北京皇城根下

/ 诗魂赋 /

苦吟出佳句,
痛改成妙言。
能舍华丽词,
终得千古篇。
下笔如雷霆,
构思贯九天。
真情翻巨浪,
实意爱博远。

> 2021 年 12 月 16 日
> 作于北京皇城根下

冬至赋

冬至到来夜渐短，
数九开始阳气还。
家人围着桌子坐，
水饺煮熟往上端。
二两小酒喝下肚，
一纸情怀写诗篇。
日历马上要见底，
祈盼明年春花艳。

2021年12月21日
作于北京皇城根下

冬夜赋

寒冬腊月数九天，
无叶枯枝映月弯。
夜风微扫街巷路，
灯光闪烁银星灿。
子时翻阅圣贤书，
凌晨入睡梦香甜。

一觉漫游三界外，
两眼睁开天又蓝。

2022 年 1 月 10 日
作于北京皇城根下

/ 腊八节赋 /

腊八节到天气凉，
佛成道日燃高香。
坚果杂粮熬一锅，
蒜瓣加醋泡两缸。
赤豆打鬼自颛顼，
岳飞抗金受冤枉。
千年习俗传今日，
五谷依旧振朝纲。

2022 年 1 月 10 日
作于北京皇城根下

赞永康社区

寒冬未尽北风凉，
赞歌献给前永康。
为民办事速度快，
接诉即办德高尚。
铺平道路填好坑，
百姓心中好欢畅。
感谢社区好领导，
拥护咱们党中央。

2022年3月10日

作于北京皇城根下

架金钩

云洁天碧风摇柳，
江河湖海浪推舟。
日月星辰光闪闪，
山川田野绿油油。
炊烟袅袅忆乡愁，
歌舞声声遍九州。

踏青归来诗泉涌,
桃花红粉醉人羞。

世上好景看不够,
峰回路转复而周。
人生漫漫恍如梦,
心志深深向宇宙。
江山飞虹赛锦绣,
中华之光照古楼。
挥毫敬题赋尧舜,
独钓乾坤架金钩。

2022年4月14日
作于北京皇城根下

/ 香港赋 /

东方之珠看香港,
紫荆花开历沧桑。
一九九七庆回归,
二十五载更辉煌。
港人治港是国策,
爱国者先上金榜。

一国两制是良方,

繁荣稳定绽芬芳。

2022 年 7 月 1 日

作于北京皇城根下

/白露兮/

秋风送爽白露兮,

天高云淡雁南徙。

硕果压枝谷入仓,

丰收歌舞遍地起。

添衣保暖赏百花,

此时胜春景色怡。

莫负人生好光阴,

暮雨赋诗贺晨曦。

2022 年 9 月 7 日

作于北京皇城根下

/ 再赋中秋 /

中秋曾经赋几篇，
今日仍觉情正绵。
明月依旧空中照，
地上人们手相牵。
硕果飘香千万里，
举杯欢庆丰收年。
祝愿神州更强盛，
中华子孙俱欢颜。

2022 年 9 月 10 日 8

作于北京皇城根下

/ 中秋雨赋 /

中秋之月色迷离，
风吹云动细雨滴。
深思远客心头隐，
隔空念君知己稀。
遥寄一缕山海情，
梦遇两爱喜相依。

灯下诗书轻翻页，

窗前花草洗尘衣。

2022 年 9 月 11 日

作于北京皇城根下

/ 秋分赋 /

秋分之日天蔚蓝，

白云漫步自悠闲。

青山巍巍连锦绣，

绿水滔滔波浪连。

长城内外风光好，

大江南北花正鲜。

祝愿祖国更强盛，

中华儿女笑开颜。

2022 年 9 月 23 日

作于北京皇城根下

/ 国庆赋 /

秋风送爽神州香，
硕果丰盈装满仓。
政通人和国安泰，
莺歌燕舞伴红阳。
五星红旗迎风飘，
各族民众喜洋洋。
砥柱中流安中华，
勇往直前定国邦。

2022 年 10 月 1 日

作于北京皇城根下

/ 寒露赋 /

寒露季节冷风刮，
深秋天气黄叶撒。
登高赏枫景色怡，
围桌笑品香芝麻。
听风观瀑闲吃蟹，
夕阳晚照饮红茶。
添衣保暖莫受凉，

身康体健福满家。

2022 年 10 月 8 日

作于北京皇城根下

/ 霜降赋 /

秋到深处天降霜,

颜浓色重映橙黄。

落叶归根层层厚,

硕果入篮个个香。

艳阳高照彩云飞,

莺歌燕舞呈吉祥。

山河锦绣炊烟起,

梅兰竹菊应寒凉。

2022 年 10 月 23 日

作于北京皇城根下

/ 赏枫栌赋 /

艳阳高照林尽染，
风吹赤黄枫栌变。
拾阶慢走观山景，
登高远眺乐如仙。
溪水悄悄石上流，
鸟语声声草木欢。
品茗闲坐亭台上，
吟诗遥指雁飞南。

2022 年 10 月 31 日
作于北京皇城根下

/ 立冬赋 /

秋去冬来天欲寒，
落叶纷飞地满黄。
蓝天白云依旧在，
青山绿水更怡然。
人生一世如四季，
星移斗转日月旋。

鸿雁南迁终回北,
万物冬眠待春天。

2022 年 11 月 7 日
作于北京皇城根下

/ 红月亮赋 /

皓月羞晕在今晚,
宛如嫦娥现红颜。
吴刚斫桂酿美酒,
玉兔炮药制仙丹。
盈亏本是寻常事,
圆缺理当自转旋。
清风阵阵吹铜镜,
半光闪闪耀宇寰。

2022 年 11 月 8 日
作于北京皇城根下

/ 银杏赋 /

秋去冬来银杏黄，
金扇洒落乱飞扬。
竞选国树登榜首，
枝繁叶茂自成王。
材质坚硬身优雅，
入药食用可观光。
年轮能绕千百回，
公孙名耀在东方。

一级植物美芬芳，
化石未眠活力强。
中国特有世间少，
象征民族精气爽。
历经磨难苦立志，
迎风斗雪志如钢。
古老勇敢真豪迈，
扎根神州话沧桑。

2022 年 11 月 10 日
作于北京皇城根下

/ 冬雨吟 /

冬雨淅沥草木稀，
滋润大地暗成溪。
滴滴寒水从天降，
阵阵凉风唤加衣。
仰头观望云仍厚，
自信不久露光曦。
劝君小酌梦一场，
醒来窗外是花期。

2022 年 11 月 11 日
作于北京皇城根下

/ 腊八赋 /

腊八初到霜满天，
星移斗转又一年。
数九寒冬冰加雪，
小虫入土静长眠。
八宝煮粥济众生，
感恩上苍敬清泉。

新旧交替从今始，
春草待绿月光寰。

2022 年 12 月 30 日
作于北京皇城根下

/ 贺新年 /

东方破晓霞光灿，
风吹大地树摇寒。
周而复始冬又至，
辞旧迎新梅花艳。
不惧列强逞魔咒，
春到人间必盎然。
中华巨龙腾飞跃，
遨游世界挽狂澜。

2022 年 12 月 31 日
作于北京皇城根下

/ 月光曲 /

月上枝头鸟无声,
薄云漫步纱伴风。
玉盘冰洁照大地,
眼望夜空思远朋。
两情相悦诗为证,
真爱到老恋永恒。
千回百转逢春色,
月下梦中待重逢。

2023 年 1 月 8 日

作于北京皇城根下

/ 迎春赋 /

虎啸山林威渐远,
兔行草木自悠闲。
春回大地万物醒,
杨柳枝条翠芽鲜。
轻风拂面精神爽,
细雨蒙蒙阡陌间。

牧童骑牛归晚霞，

夕阳辉映衔泥燕。

2023 年 1 月 20 日

作于北京皇城根下

/ 拜年乐 /

新春佳节红似火，
歌舞升平齐相贺。
欢天喜地除旧岁，
乡愁亲友祝福多。
冰河融化水泛舟，
杨柳绽绿花草活。
星移斗转立壮志，
扶摇直上邀天河。

2023 年 1 月 21 日

作于北京皇城根下

瑞雪赋

瑞雪晶莹洁如面，
飘入古城街市间。
寒风复吹冻万物，
春花欲开燕要还。
待到季节变换时，
耕耘播种在田园。
政通人和国安泰，
兔年又见紫气轩。

2023年1月23日
作于北京皇城根下

春雨兮

晨曦未开云色稀，
清风拂面雨来袭。
窗下花盆生嫩草，
院中老树湿旧皮。
甘霖入土滋万物，
香茗润口静心提。

待到春光明媚时，

笑谈人生诗意起。

2023年2月12日

作于北京皇城根下

散文篇

从一张"借谷证"说起

2005年夏天的一个星期日,我又到了潘家园旧货市场转悠。当走到书刊区的时候,摆放在一个小摊上的几本塑料夹子使我停住了脚步,仔细一看,里面全是一些发黄的粗草纸,还写着毛笔字,什么红军饭票、通行证、股票之类,翻了翻,里面还有一张苏维埃政府的"借谷证",上面写着:

借谷证

今向苏区遂川县草林墟西街院何厚先(生)暂借:干谷壹百市斤,凭票于三七年四月向各级苏政府取还。

苏临时中央政府(章)

三二年二月(陈潭秋印)

透过这张"借谷证",我们看到了当年的苏维埃政府是怎样严格地执行"三大纪律,八项注意"的。这张"借谷证"是苏维埃政府热爱人民、保护人民的真实写照,是苏维埃政府纪律严明、秋毫无犯的实际物证。这也使我们联想到,我们中国共产党、我们的人民军队为什么能够用"小米加步枪"打败了拥有"飞机、坦克加大炮"的日本侵略者。其主要原因就是人心所向,我们的兵是人民子弟兵,受到老百姓的拥护,得道多助,因而胜利。

后来，我又陆陆续续收藏了不少苏维埃政府和红军的票证。随着藏品的增多，我对当年苏维埃政府和红军在井冈山革命根据地艰苦奋斗、浴血奋战的脉络和细节有了更多的了解。

在庆祝中华人民共和国成立60周年之际，看着这些经历岁月侵蚀的苏维埃政府和红军的票证，抚今追昔，怎能不使人缅怀革命先烈，怎能不使人坚定为共产主义事业而奋斗终身的意志。抚摸着这些票证，我感觉就像在同红军握手，又仿佛在和同志们对话。

2009年6月20日

/ 投弹 /

　　第一次投掷实弹，心里总是免不了有些紧张，少不了出洋相。那年我在连里当文书，负责核发实弹。因为文书是勤杂人员，得先做好后勤保障工作，所以等全连所有人员都投完了，连长才说："文书，你来投吧。""是。"我拎着两颗手榴弹偷偷走到投弹的壕沟旁边，连长看到我拿了两颗手榴弹，马上就把眼睛瞪了起来，厉声喝道："停，你过来！"我知道瞒不住了，只好乖乖走到连长面前，交出了一颗手榴弹，嘴里小声嘀咕说："我辛苦了半天，多投一个都不行吗？"连长一听就火了："怎么就你特殊！想多吃多占？没门儿！"我心里挺不高兴，心想："真小气，不就是一颗手榴弹吗？谁投不是投呀！看我投个样给你们看看。"心里想着，就走到了壕沟边上，拧开手榴弹的后盖，捅破防潮纸，用小拇指勾出了拉火绳，把拉环套在了小拇指上一拉，握住弹柄，运足了力气，一转身，胳膊往前一抡，只听"嗖"的一声，手榴弹就飞了出去。投得倒是不近，可方向偏了，投的那颗手榴弹偏离目标至少45°，恰巧落在了我们连的菜地里，还不偏不倚地正好命中了一堆刚拔出来的大白萝卜，只听"轰隆"一声巨响，比"麻雷子"响多了，一股浓烟冲天而起，弹片和被炸碎的萝卜漫天飞舞，就像仙女散花一样，"噼里啪啦"地落了一大片。当时我的眼睛都直了，就在我愣神儿的时候，就听连长扯着他那山东人的大嗓门骂上了："文书，你这个二球！你是怎么投的？干吗炸我的萝卜？"我说："连长，我冤枉！我不是故意的。"连长恼火地说："你再说冤枉我就罚你吃一个月的萝卜！""天呀！那不真的把我吃绿了？"我无奈地争辩着。回去的路上，连长还觉得气没出完，又罚我扛着半箱手榴弹，那一回可把我治得够呛。后来我投弹的这个小故事被传到了处里，成了各连讲解投弹时的一个反面典型。在以后很长的一段时间里，连长一看见萝卜就少不了熊我一顿。没办法，谁让咱理亏呢。战友们也时常叫我"炸萝卜能手"，我好没面子哟！这个绰号一直跟了我好几年，直到退伍，才算消停了。可是那萝卜满天飞的情景却永远印在了我的脑海里，挥不去，忘不掉。

2012 年 5 月

/ 胳膊上的疤痕 /

　　1979年夏，我在钳工班当副班长，有一天，我们班接到了上级的命令："马上焊五个铁架子，送到洞里放产品用。"接到命令后，我和班长带领着十个战士很快赶到了工作的场所，展开图纸，开始下料，大家锯钢管、锯角铁，忙得不亦乐乎。下好料后，又把电焊机拉出来焊接，不一会儿就焊好了好几个，为了挪地方得搬铁架子，一不留神，我的右小臂碰到了刚焊过的铁架子，只听"刺啦"一声，一阵钻心的灼痛让我禁不住"啊"地叫了一声，"的确良"军衣被烧了一个窟窿，胳膊上的皮被烫得血肉模糊，一股衣服的烧焦味儿和皮肉的煳味儿钻入了我的鼻孔。当时，我疼得差点儿晕过去，我们班的几个战士立刻把我送到了医务室，杨医生给上药包扎上碘酒的时候疼得我直哆嗦，但也只能咬牙忍着，不让眼泪流下来。过了好些天，伤口才落了疤，至今仍留在我胳膊上，成了我当兵的永久珍贵记忆，每当看见这块疤痕，就会想起当年的情景。现在想一想，这也应该算是自己为国防建设负过伤、流过血了，闲暇之时，面对后人也算是有了一点可以吹牛炫耀的资本吧！

2012年7月5日

/ 风雨航母情 /

2012年8月1日，是中国人民解放军建军85周年纪念日，我们望京实业总公司的退伍转业军人一行37人，从北京出发到天津塘沽去参观俄罗斯退役航母，算是一次爱国主义教育活动。

那天，从早上开始就淅淅沥沥地下着雨，天上的云也是黑沉沉的，这可不是合适出游的好天气。但是，这一切并没有阻止我们这些老军人的行程，军令如山，是命令就得执行。经过两个多小时的行驶，我们乘坐的大巴车开到了塘沽的海边。此时的雨仿佛在和我们这些老兵较劲，"哗哗哗"的一个劲儿猛下，伴着阵阵的海风，雨点儿打在脸上有些生疼。我们依次下了车，撑开雨伞，透过朦朦胧胧的雨雾向海边望去，只见一条巨大的战舰停靠在海边，这大概就是那条俄罗斯退役的航空母舰"基辅号"了。

我们冒着一阵强过一阵的风雨登上了航空母舰，走在那钢铁建造的船舱走廊上，仿佛置身于一个神奇的迷宫之中。它就像一个微缩城市，显现在每个游客面前，虽然没有"禅房花木"之深，却有"曲径通幽"之处，虽然小门仅容一人钻过，但是甲板上宽得竟能停放二十多架飞机，真是小有小的设计、大有大的功能。航空母舰的确是个庞然大物，不愧是汪洋大海之上的"巨无霸"。一个国家的综合国力如何？有没有航空母舰就是一个最重要的标志之一。这是因为航空母舰是一个综合的、庞大的军事系统，如果没有极强大的经济、科研、军事、政治实力作基础，要支撑起航空母舰那简直就是白日做梦、天方夜谭。人走到航空母舰上会感觉自己很渺小，和这个纯钢铁制造的超大家伙比起来，人虽然显得那么柔弱。但是，人有智慧，用自己的双手把偌大厚重的钢板、铁甲组合装配在一起，变成一座名副其实的海上城堡，可供几千人工作生活数月之久，而操作航行的仅是一位士兵，他手中小小的扳闸和巨大的船体相比是那么的不协调，可这就是事实。这样说来，人又是最强大的，航空母舰再大，威力再强，也还是离不开人的操作。因此说："我们人类才是地球乃至整个宇宙中的神灵。"走在航空母舰上面，会使人产生许多联想。我国是个海洋大国，领海面积达四百七十多万平方千米，大小岛屿数千个，尤其是南海，岛屿密布，资源丰富，石油、天然气蕴藏量极大，有"第二个波斯湾"之誉。但近年来，遭到了周边一些国家的掠夺和野蛮侵占，这些国家掠夺了我国数以亿计的油气资源，真是令人心痛得怒火中烧。无数的历史事实告诉我们："和平不是谈出来的，而是打出来的。枪弹所到之处就是和平空间的半径。"想一想，这些话还是很有道理的。

从理想的梦幻回到现实，看到写着俄文的"基辅"号，心中不免又升起一丝丝隐痛，可惜呀！这不是中国的航母，而是外国人的废弃物。我们中国的航母要形成战斗力，估计还需要时日。但我们坚信，在有生之年定会看到我们自己的航空母舰开向南海，开进太平洋，扬我国威，振我军威！

冒着风雨，抚摸着舰上的栏杆，望着雨中白浪滔天、海鸥飞翔的大海，心潮激荡，浮想联翩，我幻想着航空母舰上的俄文变成汉字，所有的俄国国旗都成了鲜艳的五星红旗。啊！这就是一名中国人的期望，更是一位退伍老兵的梦想！这正是："雨中游航母，老兵寄真情。"

2012年8月5日

作于北京

第一次"一级战备"

　　1976年9月9日下午一点半左右，我们正在帐篷里进行业务学习，突然一阵急促的哨声在院子里响了起来，"嘟，嘟，嘟——嘟，嘟，嘟——"大家都愣住了，发生了什么事？马庆斌班长几步就冲到了帐篷外面，只听见院子里值班员大声喊道："打背包，带武器，紧急集合。"马班长立马跑回帐篷说："快，打背包，紧急集合。"于是我们把业务书、笔记本往床下的纸箱里一塞，跳到床上开始打背包，只用了两分多钟的时间，我们班就集合好了，用了不到三分钟，我们新兵排就集合好了。李泽民排长下了命令，带领新兵排两个班跑步来到了队部前的大院子里。这时候其他各排也都集合完毕，在院子里待命。不一会儿，值班员又吹了几声哨子，喊了一声："全队集合，稍息，立正，向右看齐，向前看，放背包，坐下。"大家你看看我，我看看你，都是丈二和尚摸不着头脑。不一会儿，只见队部的门开了，梅队长、汤教导员、丁副队长等领导从里面走了出来。只见他们一个个神情严肃，而且是全副武装，扎腰带，挎手枪。看到这个阵势，我们顿时紧张了起来，感到问题严重了，肯定发生了什么特大的事情。这时，只见汤教导员来到队列面前说道："同志们，过一会儿有重要广播，请大家注意收听。"

　　下午3时整，广播里传出了一个令人非常震惊的消息：中国人民的伟大领袖毛泽东主席于1976年9月9日零时10分在北京逝世了。听到这个消息，当时真有一种天塌地陷的感觉，也真是奇怪，我隐约记得当天下午的天也忽然变得昏暗了,这也许是天意吧!听完广播,梅队长宣布了基地司令部的命令:"自即日起部队取消各种休假,停止一切娱乐活动,全体人员立即进入一级战备状态。"

从那天开始,一级战备一直持续到毛主席追悼会开完。在那些日子里,我们白天都要打好背包,只有到了晚上才能打开背包睡觉,但也只能是和衣而睡。夜里加了双哨,出早操的时候都带着武器,而且每个人都臂戴黑纱,胸佩白花,一支军队能有这样的装束,也算是百年不遇了。这就是我当兵遇到的第一次"一级战备",是终生难忘的经历。

2012年10月

/ 党在我心中 /

烈火真情

那是1977年5月,我当时在连部当文书。有一天,连长接了一个电话后马上对我说:"通知值班员,紧急集合,带灭火工具,要快!"一阵急促的哨声响过之后,不到五分钟,全连就集合好了,大家拿着铁锹、扫把、墩布上了汽车,开了半个小时左右,到了一条山沟外面。这时候,已经能看见山顶着火处冒起的滚滚浓烟。大家按照命令,顺着山沟向山顶前进,经过一个多小时的急行军,已经接近了火点。当时的火势很猛,离火点十几米的地方就能感到大火的灼烤,根本靠不上去,只能打隔离带。春天的秦岭,正是风干物燥的季节,风助火势、火借风威,当时真感受到了什么叫大火无情。尤其是山火,山上没有水源,只能用铁锹铲土来压住火焰,用扫把根本没用,火没打灭,扫把倒被烧成了一支火把。在浓烟烈火中,大家都在奋力扑打着,咳嗽声接连不断。连长、指导员、各排排长、各班班长都在不停地招呼自己的兵:"小心!注意安全!"大概过了半个小时,指导员把我叫到了跟前说:"文书,交给你一个任务。"他用手指了指我们上山时的路说,"你顺着原路返回,看一看,有没有掉队的同志,收容一下。"我看着那条渐渐黑下来的山沟,心里不免有些害怕,我问:"就我一人吗?""对,就你一个人!"我不由得倒吸了一口冷气，指导员看出了我有些害怕，就鼓励我说："你不是正在申请入党吗？这正是接受组织考验的时候。"说完，指导员把挎在肩上的手电筒递给了我，拍了拍我的肩膀说："别怕，去吧，会有人接应你的。"我半信半疑地沿着山沟走了下去，山沟黑得很快，我只能借着一条细小的溪水往下走，周围不时地响起一些野兽的叫声，用手电一照，叫声就更大了。我一路上一边拼命地走，一边胡乱地看，再壮着胆子喊了喊："有人没有？"就连跑带颠地出了山沟，直到看见公路上汽车的灯光，我这心里才算一块石头落了地。正在庆幸自己完成了任务的时候，忽然看见山沟里又忽隐忽现地出现了三个人影，边走还边喊："文书、文书等一会儿，我们就在你后边。"我忙用手电一照，原来是一班长和两个战士，后来听一班长说这是指导员安排的，他怕我身体吃不消，我当时的确很瘦弱，才108斤，什么重体力的活都干不了。所以，指导员就以让我完成收容任务为借口，把我从火场上撤了下来，指导员怕我出事，就又派了一班长带两个战士尾随在我的身后几十米的地方，这样既锻炼了我单兵作战战胜孤独、战胜恐惧的胆量，又保证了我不在火场上受伤。对于指导员的这番良苦用心，至今我都是铭记在心、感激万分的。

  那天，我们几个人搭汽车提前回到连里后，忙着帮炊事班烧开水，把每个人的脸盆都放好了水，那次灭火战斗很艰苦，队友们坚持了好几个小时才被其他连队替换了下来。连里有好几个战士的头发、眉毛都被燎着了，烧焦衣服、擦破皮的就更多了。指导员的胳膊也被火燎了一下，起了几个大水泡。看到同志们这些惨状，我心里就像打翻了五味瓶。我找到指导员说了自己的感受，觉得自己当了逃兵。指导员说："文书，不要这么想，你是自己单独去完成了收容任务，也很艰巨啊！有什么难为情的。"后来，在总结这次灭火战斗时，指导员还在全连大会上专门表扬了我。我知道这是党组织对我这个城市兵的关心和爱护。从此，我也懂得了要想把兵带好，先要学会爱护兵的道理。这就是我们的党啊，这就是像母亲一样疼爱我们的中国共产党！

摇蒲扇、开电扇、装空调

记得20世纪70年代以前，人们夏天防暑降温的主要方法就是摇蒲扇，因为当时电扇很少，普通百姓家里很少有安装电扇的，人们差不多都是一把蒲扇过三伏，甭管天气多热，也只能靠不停地摇着蒲扇苦熬，实在忍不住了就只好跑到什刹海去游游泳，再不济的就到水龙头下面洗个凉水澡，也算是一种消暑的方法。

到了20世纪80年代改革开放以后，人们的生活有了很大的改变，各种生活用品逐步丰富起来了，老百姓家里开始有了各种小型的家用电器。从黑白电视到彩色电视，从板砖录音机到双长式录音机，手摇的蒲扇也逐渐被电风扇代替而淡出了人们的生活，现在要想找一把这样的蒲扇还真要费些功夫呢！

转眼之间又到了20世纪90年代，改革开放取得了更大的成就。彩色电视已经从小到大发展起来了，彩色电视的生产从国外转向了国内，老百姓家里渐渐都看上了大屏幕的彩色电视。现在，平面直角的液晶电视成了市场主角。双卡录音机已经不是什么名贵之物，各种光碟、录音、录像、VCD、DVD、电冰箱、洗衣机等如雨后春笋般出现在各家各户，成了人们生活中的普遍用品。家用电风扇已经不能满足老百姓的生活需要了，从而催生了家用空调的空前发展。

进入 21 世纪以来，人们的生活更加日新月异。MP3、MP4 开始成为所有年轻人的新宠。各种式样的手机铺天盖地，功能多得使人眼花缭乱，照相、炒股、看电影等各种功能应有尽有。数码相机、数码电视品种繁多，花样翻新到了目不暇接的程度。电脑已经成了人们生活中离不开的必需品，无纸化办公已不是梦想。网络时代、信息时代已经和人们的生活密不可分。而消暑纳凉的方式也不再是关在屋里吹空调了，而是选择走出城市，远离喧嚣，走进乡村，走进自然，返璞归真，享受大自然的清凉的绿色方式。

这是社会发展带来的改变，是人类进步的最好说明。

2016 年 7 月 3 日

作于北京

/ 父亲的军功章 /

我的父亲叫范奎，是个抗美援朝的老战士，离开我们已经30年了，他老人家没有给我留下什么财产，只留下几枚军功章。每当我看到它们的时候，眼前就会浮现出父亲的面容，耳边就会响起他给我讲战斗故事的声音。

记得那时候，我每次都是从那几枚军功章里挑，挑到哪一枚就让父亲讲那一枚的故事。在那些军功章里我最爱听的就要数抗美援朝了。由于经常听父亲讲那些故事，因而在自己的记忆中也深深留下了那些故事的痕迹，至今还是耳熟能详，记忆犹新。

我的父亲是一名志愿军机枪手，他们部队是1950年10月19日晚从长甸河口跨过鸭绿江进入朝鲜境内的。第二天，中国政府发表了中国人民志愿军入朝作战的声明。这就是说，我父亲的部队是第一批进入朝鲜的。据他讲，当时为了保密，他们去掉了身上所有的标志，反穿棉衣。当时的朝鲜正是隆冬节气，天气非常寒冷。到处是冰天雪地，部队进入朝鲜境内几十千米的时候，美国部队的B-29轰炸机已经把炸弹投到了鸭绿江边和我国的沿江城市。顺着公路，志愿军碰上了逃难的朝鲜老百姓和溃退下来的朝鲜人民军，他们一见到我们的部队就问："你们有飞机吗？有大炮吗？"看到志愿军扛着的三八大盖时说："美国人哗……哗，你们的枪，啪、啪、啪……不行，不行，快撤、快撤。"我们的指挥员拦住了一个人民军的军官说："你只管把我们带到有美国人的地方，别的不用你管。"就这样,一路上冒着敌人飞机的狂轰乱炸,我父亲所在的39军在云山把美国号称王牌军的骑一师第八团给包围了,当时敌人的气焰很盛,依仗着强大的火力往外猛冲。我父亲所在的连负责把守一个山口,这是敌人突围的必经之路,敌人的飞机、坦克、大炮就像发了疯一样,把成千上万的炮弹、炸弹投向我军的阵地。本来山上还有一层厚厚的积雪,几次战斗下来,山坡上早已没有了雪的痕迹,到处都是一片片灼热的土地。美国人怎么也没有想到在这里遇上了中国人民志愿军。39军是四野的部队,在国内刚刚打完辽沈战役和平津战役,渡过长江解放了中南五省,横扫了大半个中国,正是士气高涨的时候,这回碰上了号称"武装到牙齿"的美国军队,正是一场硬碰硬的战斗。

据我父亲讲,他当时用的是马克沁重机枪,战斗打得非常激烈,美国兵的个子比较高,戴着钢盔,端着卡宾枪,嘴里"叽里呱啦"地叫着像潮水一样向山口涌来。而我们志愿军的战士也像下山的猛虎一样,把手榴弹三五个捆一捆,冲到近前专炸敌人坦克的履带和油箱的部位,结果敌人的坦克就被打坏了,横七竖八地躺在公路上,敌人的汽车想过也过不去了。我父亲讲,在他这挺重机枪前面,不知道死了多少美国兵,只看见敌人像割麦子一样一片片倒了下去。战斗中,他们没正经吃过一顿饭,开始的时候是一把炒面一把雪,到后来,雪都炸没了,只能干咽,因为水早就喝光了,作为重机枪手的父亲还要节省一些水来冷却枪管用,因此就更缺水了。后来朝鲜老乡送来了一筐小咸鱼,每人一条,算是慰问志愿军了。可是谁都不敢吃,越吃越渴呀,打到机筒都红了的时候,就要用水来冷却,没有水怎么办?连长就命令大家,有尿就往机枪上撒,尽管味道不好闻,但总归能降温,好歹也是水啊,到后来,尿都没得撒了。就这样,我父亲和他的战友们顽强地阻击敌人一天一夜,直到彻底消灭了气焰嚣张、不可一世的美国部队，取得了抗美援朝的第一个大胜利。

就是在那次战斗中，一块炸弹皮击中了我父亲的左腿。后来被送回国内休养，伤好了以后，我父亲再次重返前线，参加了著名的"三八线"守备战，一直坚持到1955年才回国。

其实，这只是我父亲诸多故事中的一个章节，其他的故事还有很多精彩的内容，但只能当作自己怀念父亲的缕缕思绪了。在今天纪念抗美援朝60周年的日子里，我手捧着父亲留下来的那枚陈旧的坏了一角的"抗美援朝纪念章"，心中充满了对父辈们的怀念、对"最可爱的人"的敬仰。他们虽然都已经作古，但是他们那种"雄赳赳，气昂昂，跨过鸭绿江，保和平，为祖国，就是保家乡。中国好儿女，齐心团结紧，抗美援朝，打败美国野心狼"的革命精神，却永远激荡在我的心中。当年那枪林弹雨、硝烟弥漫的战场早已不复存在，但他们那赴汤蹈火、浴血奋战的英雄形象将永远屹立在自己的脑海中，他们的英雄事迹将永远镌刻在历史的丰碑上。

2017年11月11日

作于北京

/ 与天使在地铁站的奇遇 /

　　2021年正月十五的中午12时左右，我走进了东直门地铁站，应约前往劲松办事，下到站台上我忽然想不起来我该在哪一站换乘10号线了，心里不免有点茫然，于是我就走到一幅地铁线路图前面看了起来，想在图上找到换乘的车站。我已经六十多岁了，眼睛早就花了，不戴眼镜什么都看不清楚，尽管我把脸都快贴到图板上了，可还是看不清线路图上的站台名。就在我束手无策的时候，耳边响起了一位姑娘的声音："大叔，您在看什么呢？是看不清上面的字吧？"我说："是的，字太小了，我眼花没戴眼镜，什么都看不清楚，真是急死我了。"姑娘说："大叔，您别着急，您要去哪里？我帮您看。"听了这话，我真是喜出望外，心里仿佛吹进了一股温暖的春风，我赶紧说："我要去劲松办点事儿，人家说乘地铁10号线就到了，可是这10号线在哪里呢？我该在哪里换乘呢？"姑娘说："大叔，您别着急，我来帮您找一条最佳的路线，保管您误不了事儿。"我赶紧双手合十向姑娘表示感谢，姑娘看了看图说："大叔，您坐这辆往南开的车，到建国门站下车，换乘1号线到国贸站下车，再换乘10号线就能到劲松了。车很快，一会儿就到，您老就放心吧。"我感激地说："谢谢啦！姑娘，你真是个好人啊！"姑娘笑了笑说："大叔，您太客气了，这是举手之劳，是我应该做的。"由于离得很近，我感到有一股特有的青春朝气扑面而来，沁入肺腑，令人感到无比愉悦和舒畅。姑娘告诉了我的乘车路线后就回过身去排队候车了，我也站在了旁边的一个门口候车。

按说故事到此就可以结尾了，也算是有了一个很不错的结局，可是没想到更加令人感动的事儿发生了。正当我看站台上的时刻牌时，那位姑娘又从那个门口快步走到了我的跟前说："大叔，您记好了，乘1号线要往东走，千万别上错了车，往西走就越来越远了啊。"我赶紧又拱手致谢说："谢谢啦，姑娘，我记住了，你可真是个大好人啊！"姑娘摆摆手说："大叔，您别客气了，我怕您记不住，走冤枉路，把事儿误了。"说完话姑娘又回到了旁边的门前候车，不一会儿，车进站了，我和她分别走进了车门，我在想今天多亏碰到了这位热心肠的好姑娘，不然我还得四处打听，这也太丢面子了，好歹咱也算是个"老北京"啊！不一会儿，车就到了建国门站，我刚一下车就看见那位姑娘在往下走的楼梯口朝我招手，然后又做了一个往下走的手势，于是我赶紧跟上去随人流走到了换乘1号线的站台，刚到站台一抬头就看到了那位姑娘又在招呼我，我赶忙走了过去，姑娘说："大叔，我正巧也要到国贸去会一个朋友，能和您同一段路，您就跟我走吧，您就听我的，省得您又找不到路着急。"我感激地又拱手致谢，上了1号线的车后，她和我并排站着，车开了以后我说"今天多亏遇到了你这个好心人，帮了我的忙，看来咱们是有缘啊。"听了我的话，姑娘的眼睛放出了亮光，笑成了两个弯月似的，她说："是的，我们是有缘分的，大叔在哪儿住啊？"我说："就在东直门北小街那边，离地坛不远，雍和宫国子监就在我家不远的地方。"姑娘又笑了说："我知道地坛里面有许多银杏树，落叶的时候，金黄的落叶洒落在地上，那可真是一道美丽的风景线啊！"我说："是啊，景色非常美。"姑娘又说："大叔，没事儿的时候您还可以到北护城河的边上遛遛弯儿啊，河边上鲜花盛开，树青草绿环境很优美的，那里还可以唱歌跳舞、弹奏各种乐器，环境很优雅的啊！"我说："是的，我经常去那些地方。"正说着话，忽然她靠在我旁边说："大叔，把您的挎包转到前面来，小心东西被偷了。"我把包转过来之后，姑娘又说："现在出门在外就要照管好自己的财物，不然的话，自己不但受损失，还耽误事儿。前几天我和我妈去超市买菜的时候就看见一个小偷被抓了一个现行。"说着话的时候车已经到国贸了，姑娘非常热情地说："大叔，您就在这里换乘10号线往南坐两站就是劲松站了，我到站了去会一个朋友，就不陪您了，祝您一路平安！"我再次感谢她，走到楼梯口的时候，她又带着我上去，指着旁边一个标有10号线的通道口说："大叔，您就从那个口进去就可以了，再见！"我又一次对她双手合十表示谢意，姑娘又朝我挥着手说："大叔，我们会有缘再见的，再见！"。

　　看着姑娘那苗条的身影，心想人家帮了我这么多忙，照顾了我一路，而我连人家姑娘的姓名都不知道，这岂不是大大的遗憾。直到这时，我才记起来，这姑娘的身高在一米六零左右，圆圆的脸庞，长了一双会说话的眼睛，两道眉毛就像两片弯弯的柳叶，颜值很高，皮肤很白净，满头的黑发，像瀑布一样披散在肩上。她身穿一件米黄色呢子大衣，脚上穿一双黑色的皮靴，肩上挎着一个时髦的挎包，身材很苗条，只是因为戴着口罩，我无法看到她的真实面容，但是，我相信她一定是一个心地善良、面容娇美的好姑娘。

　　在回家的路上，我一直在想，难道我和她真的是前生有个约定，让我们今天在地铁站里这么神奇地相遇，从她那充满和善的目光里，我真的相信了命运，她就是我善良的天使！

2021年2月27日

作于北京皇城根下家中

/ 守望岗前的惊险一幕 /

  2022年10月7日上午10时左右，在北新桥东直门北小街后永康胡同东口发生了惊险的一幕。

  一位头发花白的老先生手拎着一个布口袋自北向南走来，当走到后永康胡同东口与马路相接的地方时突然脚步一晃，就直接前扑摔倒在路口的马路上，老先生脸朝下趴在地上，身体在一下一下地抽动，看样子摔得不轻。当时，我正作为志愿者在胡同口守望岗上值班。说时迟，那时快，我一个箭步冲了上去，用双手把老先生扶住，同时还有一位"榆乐轩"的女服务员也赶了过来，和我一起把老先生扶了起来，我一看老先生的两只手都摔破了，鲜血直流，赶紧从自己衣服口袋里拿出了几片创可贴给老先生贴上，止住了流血，又把剩下的两片创可贴放进老先生的上衣口袋里。老先生不停地说："谢谢，谢谢你们啦。"我问老先生多大年纪了？老先生说："快八十岁了。"我又问老先生："这是要到哪里去，走得了路吗？"老先生活动了一下手脚说："我去买个水龙头，没事儿，我自己可以走。"我又对老先生说："那您小心脚底下，慢点走。"老先生走了几步又回过头来对我和女服务员说："谢谢，真是谢谢你们啦！"目送着老先生向远处走去，我立刻又回到了守望岗的旗子旁边继续值班，认真地履行志愿者的光荣义务。

  过了一会儿，那位老先生从南边走了回来，他走到我面前，看着我胸前那枚闪闪发光的党徽对我说："谢谢你，再次谢谢你们。"我说："不用谢，这是我应该做的，您慢点走啊。"老先生走远了，我继续坚守着自己的岗位，直到 11 点钟才下岗回家，但是刚才经历的那惊险一幕却不时地浮现在我的脑海里。

这正是：
老兵风彩依旧，
党徽闪耀金光。
不忘初心值班，
牢记使命守望。

2022 年 10 月 9 日
作于北京皇城根下